謙之字
Illustrations Fly
4
救了遇到痴漢的
S級美少女才發現是
鄰座的青梅竹馬

①電影製作中

雖然已決定在校慶時上映自製電影，但究竟要拍攝怎樣的內容，劇本方面是交由鳥越全權負責。

「很抱歉劇情部分全都塞給妳構思。」

目前正值午餐時間，我在遠離校內喧囂的物理教室裡吃著午飯，並對鳥越如此說著。

關於之前來我家過夜並舉辦的企劃會議，說穿了根本沒有得出任何結論，最終只決定將劇本一事全權委任給鳥越而已。

我原以為越多人幫忙出主意會越好，事實上似乎只得到反效果，每個人都開始提出各自心中覺得「有趣」的內容，然後一發不可收拾。

至於那天到底做了什麼，簡而言之就是經過兩個小時的討論後，便去享用我妹妹親手製作的晚餐，最後變成一場所有人暢玩遊戲到半夜的過夜派對。

「沒關係，你別介意。」

鳥越一臉淡然地繼續說：

「我已明白姬奈、小姬藍以及高森同學你想拍怎樣的電影，光是能確認這點，我覺得這場過夜派對也算是值得了。」

鳥越用筷子將食物夾進嘴裡，繼續吃著自己的便當。

同樂會……

那場會議果然給人這種感覺。

想想伏見似乎也不認為那是企劃會議，而是一場過夜派對。

我的青梅竹馬·伏見姬奈是廣受本校不分男女同學們歡迎的人氣校花，明明她交友廣泛，卻好像從未參加過任何過夜派對，因此非常嚮往這類活動。

即使伏見是個如偶像般的存在，她對朋友們的隱私是採取互相尊重避免深究的態度，怪不得會出現這種情況。

而她唯一能推心置腹深入交流的朋友，就是眼前這位靜靜吃著午餐的鳥越。

「我是希望能在暑假前先制定好進度表。」

「就是說啊～」

「感覺小姬藍對此非常擔心。」

「啊～……」我回想起當時的事情，神情尷尬地點了個頭。

『這樣子真有辦法趕在校慶前完成嗎？』

她當時的表情十分嚴肅。

儘管並未針對此事大肆抱怨，卻能看出她是真的非常操心。

綽號為姬藍的姬嶋藍同樣是我的青梅竹馬，於不久前轉學至我們班上。

她原本也住在這裡，基於家庭因素搬去東京，之後又搬回這裡住。姬藍與伏見是不同類型的美少女，曾在東京當過偶像。

雖說她只對我一人坦白過這件事，但除了某人以外，來參加過夜派對的所有成員都有隱約察覺出來。

所以對演戲與拍片相關的幕後工作並不陌生的姬藍，非常擔心我們的自製電影能否如期趕上校慶。

由於製作電影必須先確定要拍攝怎樣的內容，才有辦法規劃進度表，也難怪鳥越會如此在意。

「要是妳不嫌棄的話，可以來找我商量喔。」

「這倒是不必了……」

鳥越將筷子叼在嘴上，以飛快的指法操作手機。看似正在確認自己留存於手機內的資料。

「其實我已想好大綱了。」

「咦，真的嗎？是怎樣的內容？」

「那個……」

此時，我突然想起鳥越很愛看BL小說。

「啊、喂，妳應該不會想拍一部劇情尷尬到不便張揚的電影吧!?」

「沒、沒那回事啦，你少亂說。」

鳥越連忙否認，並緊接著說下去。

「這就跟給人欣賞自己的作文一樣頗令人害臊。因為也像是讓人窺視自己腦中的想法，所以內心多多少少會感到排斥。」

……真叫人意外，我還以為鳥越並不在意這種事情。

意思是兩件事不能混為一談吧。

「既然如此，就對外宣稱說劇本全是我一個人想的，到時就算有任何不妥或批判，也能全由我一人承擔吧？」

「這種方式會讓我覺得自己太卑鄙了。」

「這點小事妳不必介意，畢竟妳都已經一肩扛起如此重責大任。而且導演的工作之一，就是站在最前面承受世人對電影的惡評。」

若鳥越是因為面對我才難以啟齒的話，她大可去找伏見或姬藍，不過根據她的說詞，問題並非出在對象是誰。

總之，在聽她講解完劇情大綱之前，也就無法往下討論。

「謝謝你，高森同學。」

「嗯？這沒什麼……嗯？」

鳥越為何要向我道謝？

她似乎看穿我的心思，繼續把話說下去。

「你這番話讓我心情輕鬆多了。因為我目前只是將各種構想隨手記在手機裡，我會盡量在放學前統整好的。」

「妳不必把自己逼得太緊喔。」

「沒關係，我現在就想整理。」

語畢，鳥越就像幹勁被點燃般開始操作手機，甚至忘了自己正在吃便當。

她回到教室後也是這副模樣，就連下一堂課得換教室時，她依舊坐在自己的位子上不為所動。

直到被伏見提醒後她才終於回神，抱著課本跟筆記本離開教室。

我和姬藍跟在鳥越的身後，向著生物教室走去。

「都怪姬藍妳跑去催她。」

我如此低語，聽見這句話的姬藍不悅地皺起柳眉。

「為何你要說是我害的？」

「因為沒必要像這樣操之過急。」

我看著前方拋出這句話，隨即從旁傳來一陣輕輕的嘆息聲。

「距離暑假只剩兩週多的時間，現在必須趕緊指派工作給班上的同學們，讓他們趁著暑假期間做好準備不是嗎？」

……這句話很有道理。

姬藍見我被說服後，秀麗的臉龐蒙上一層陰影。

「導演，這部分其實也是你的工作喔。」

「抱歉抱歉，妳別這麼說嘛。」

因為我對此毫無任何經驗，拜託饒了我吧。

說起姬藍的個性是嚴以律人，相信她也同樣嚴以律己吧。

「謝謝妳的提醒，真是幫了我一個大忙。」

我開口道謝後，姬藍的神情隨即豁然開朗，但她似乎不想被我看穿心思，立刻就把臉撇開。

「我並沒有做什麼……值得你道謝的事情。」

我說這位青梅竹馬啊，妳就不能坦率地回我一句不客氣嗎？

「小諒、小藍，再不快點就要遲到囉～！」

伏見轉身朝我們招招手，於是我們小跑步趕往生物教室。

原先表示會在放學前統整好劇本的鳥越，最終沒能在時限內完成。

「完成之後會馬上聯絡你。」

一到放學時間，鳥越對正在填寫班級日誌的我拋出這句話，三步併作兩步地離開教室。

「你們是說劇本嗎？」

已成了我的錯字缺字檢查員的伏見，一臉不可思議地從鄰座對著我如此詢問。

「嗯，她在午休時說過會趕緊把構想整合好。」

「然後就一路忙到現在……是嗎？」

「沒錯。」我點頭以對。

「即便自製電影是很重要，可是在此之前還有期末考喔，小諒。」

伏見不知為何顯得相當開心。

多虧伏見這陣子擔任我的家教，我每一科的小考成績相較於以前都好多了。

由於我原本的成績慘不忍睹……說好聽點，是分數有著相當充裕的成長空間，自從接受姬奈老師的一對一授課，說起我近來的成績，簡直是有著相當驚人的成長幅度。

「到時候，小諒你至今的努力就能夠徹底發揮出來囉……！」

「若是真能那樣就好了。」

只不過為何是伏見妳顯得鬥志激昂啊？

「小若還曾經為此誇獎過你吧？」

「啊～是沒錯啦。」

此處提到的小若，就是負責英文科目的班導・若田部老師。

在老師把英文小考的考卷發還給我們時——

以往她總會嘮叨我幾句，那次卻罕見地鼓掌讚美我說「Bravo」。

「說起那時，連我也不禁感到與有榮焉呢。」

耶嘿嘿——伏見對我露出如初春朝陽般，讓人心頭一暖的笑容。

按照這位青梅竹馬的反應來看，我似乎令她體驗到身為家教的成就感。

拜託別冒出那種想法……我可是因此吃了不少苦頭喔。

伏見從書包裡取出一本小冊子，迅速翻到寫有七月的那一頁。

該頁內寫有考試期間、考試日期、暑假第一天等註記。

對了，再過不久就要放暑假。

記得去年暑假我是一整天都在打電玩……另外還有……還有……我想不起來了。

寫完班級日誌後，我們便離開教室並把門鎖好。

「到了放暑假時，你有什麼安排嗎？」

伏見扭頭窺視著我的表情如此提問。

「咦？就算妳這麼問我……不是應該拍攝要在校慶時上映的電影嗎？」

「啊，這麼說也對耶！」

伏見像是聽見什麼好消息似地將雙手一拍，接著神情認真地對我說：

「我們要全力以赴，甚至要把這部電影假想成是我的成名作——」

「妳也太有幹勁了吧。別從一開始就這麼起勁啦。」

都還沒決定好要拍什麼，她就立刻全速衝刺了。

「拍電影就該抱持這樣的幹勁才行喔！」

啊，看她的反應……恐怕已被挑起會讓人大呼吃不消的麻煩幹勁吧？

面對口沫橫飛地大談電影跟演技等各種大小理論的伏見，我全部左耳進右耳出地當成耳邊風，等到把班級日誌交給人在教職員室的小若之後，我們便一起離開學校。

「那個，我要讓這部電影……成為小諒你和我的成名作！」

……到頭來就演變成現在這個狀況。

拜伏見心花怒放地如此大喊所賜，路上行人都對我們投以奇妙的眼光。

明明劇本尚未決定，伏見就已經火力全開，而且熱血沸騰到讓人懷疑她是否全身正在冒出熱氣。反之與此企劃提案人的幹勁一比，簡直就是天壤之別。

「說得也是。」

伏見並沒有將我言不由衷的附和放在心上，直到返家前都不斷暢談自製電影的事情。

專注到讓人忘記時間的流逝，大概就是指這種情況吧。

直到走進家門前，伏見仍聊著與電影有關的話題。

伏見像這樣打開話匣子聊天，老實說是真的非常罕見。

這應當能稱之為不為人知的興趣吧。

反過頭來看看自己，我又有什麼喜好呢？

「……還真是什麼都沒有。」

從伏見家走回我家的一小段路上，我不由得這麼自言自語。

令自己很有幹勁的事物……

喜歡到無法自拔的事物……

很想找人盡情暢談的事物……

我也好想有個興趣……

「喜歡到完全無法自拔。」

「咦!?」

我循著聲音回頭望去，發現推著腳踏車跟在我背後的自家妹妹茉菜。

「葛、葛格，難、難道你戀愛了!?」

「並不是妳想的那回事……話說妳幹麼偷偷跟在我的背後啊？」

「因為我們回家的路都一樣呀。」

這麼說也對。

仍就讀國中的茉菜，今天同樣將制服裙子捲短到幾乎快要走光，並且將手穿過書包的握柄背在肩上。

腳踏車的籃子裡有個購物袋，袋內裝滿各種應該是從超市買來的食材。

「而且明明是葛格不好，剛才不論我怎麼喊你，你都沒聽見嘛。」

「是要我提醒幾次妳才懂？在外頭別那樣叫我。」

「又沒關係～這個稱呼很可愛呀。」

一點都不可愛。

「所以呢所以呢？葛格喜歡上誰了嗎？」

茉菜雙眼發亮地將臉湊到我面前。

「我只是在自言自語，沒啥好解釋的。」

「咦咦咦咦～真沒意思～」

嘟起嘴巴的茉菜對我發出噓聲鬧脾氣。

「……茉菜，妳有什麼興趣嗎？」

「我嗎？當然有囉～」

「咦，是什麼？」

「做菜。」

這個小妮子明明總愛扮辣妹，竟然給出這種足以迷死一堆男性的答案。

不過嘛～嗯，茉菜做的料理確實非常可口。

「葛格知道為什麼嗎？」

「因為覺得做菜很有趣……？」

「嘟嘟～答錯了～」

我家三餐幾乎每天都是茉菜在張羅。

假如有誰臨時亂用冰箱裡的食材，還會被她臭罵一頓。

「妳為何喜歡做菜啊？」

「因為每次都能看見葛格你吃得很香呀。」

嘻嘻嘻——茉菜笑著跨上腳踏車，像是逃跑似地騎走了。

看來今天的晚餐同樣值得期待。

② 末班電車

因為遲遲等不到鳥越的聯絡，正當我以為她在整合構想上陷入瓶頸時——

「打擾了。」

鳥越居然跑來我家。

打開門嚇得睜大雙眼的我，來回看了看走廊上的時鐘和鳥越。

「就算妳這麼說……現在已是晚上十點多囉。」

「嗯，但我只要待在家裡，就會騰不太出時間處理劇本，所以才會這麼晚來找你。」

「妳大可明天再來找我啊。」

「是沒錯啦，不過我想聽聽你的意見。」

依照鳥越的反應，構想應該整合得差不多了。

於是我領著她前往我的房間，並為我們各泡了一杯茶，然後坐下來聽聽她想說什麼。

順帶一提，茉菜正在洗澡。

要是她沒在洗澡的話，十之八九會代替我被嚇傻在玄關前。

「其實我還沒完全統整好，也許你會覺得有點鬆散。」

鳥越以這句話為開場白，為我解說電影大綱。

拍攝方式並沒有超出我們的能力範圍，同時成本也在有限的預算內——她提出的構想皆符合上述前提。

「你、你覺得怎樣？」

說明途中我有開口提問，前後加起來大約十五分鐘。不知不覺間，我們都把茶喝完了。

「聽起來不錯喔，我覺得很有意思。」

「是、是嗎？那真是太好了。」

大概是鳥越不好意思將設定講出來，剛開始說明時是滿小聲的，不過隨著時間經過，聲音越來越清晰。

「女主角聽起來很適合由伏見來演，至於她的競爭對手就讓姬藍來擔任嗎？」

「嗯，我覺得只有小姬藍能夠勝任這個角色。」

原來如此……

關於鳥越構思的劇本，以一句話來概括就是女高中生的青春、戀愛以及社團活動。

雖說劇情結構較為鬆散，但以短篇電影而言，有落在能讓人接受的範圍內。

「姬奈跟競爭對手小姬藍是好朋友……」

「恰好喜歡上同一個男生……」

鳥越稍微瞥了我一眼。

「該名男生並不會登場是嗎？」

「嗯，我是想這麼安排。」

心儀對象終究只是個設定，並不會實際登場，兩名女主角則會為此激發出火花。

「唯一令人不安的部分是姬奈很會演戲，很容易把小姬藍的拙劣演技突顯出來。」

「……」

我試著在腦中想像拍攝畫面，然後開口說：

「多少讓人這麼認為也是莫可奈何，不過我相信這問題沒有想像中嚴重。」

「真的嗎？」

「嗯，她們都是獨自一人就很上鏡頭，利用這點應該有辦法彌補。」

儘管這點不能對當事人說，但她好歹曾經當過偶像。

畢竟眾人之中除了伏見以外都沒有演戲經驗，老實說也沒得挑。而且單就角色設定來說，總愛跟伏見較勁的姬藍確實非常合適。

姬藍曾當過偶像一事原則上是個祕密，不過一旦她出演電影，難保會走漏風聲。

接著鳥越想徵求我的意見，於是我把想到的問題點了出來。

「啊，原來如此。」

比方說這部分。

「那就這樣修改——」

或是這部分。

鳥越不停操作手機像是在做筆記，我們就此度過一段很有意義的時光。

就在這時傳來一陣輕輕的開門聲，只見房門被推開幾公分。

「……」

茉菜從門外窺視我們，為了確認我正在跟誰說話，她還多看兩眼。

「嗯!?原來是靜靜呀！」

茉菜似乎覺得沒有繼續躲藏的必要，於是一把將房門推開，大搖大擺地走進來。

能看出剛洗好澡的茉菜還沒把頭髮吹乾，脖子上仍披著一條毛巾。

「很抱歉這麼晚跑來打擾。」

「不會不會，這點小事沒什麼啦。」

茉菜隨即將目光對準我，看得出來是想要我給個解釋。

「因為鳥越在構思電影劇本，是來向我徵求意見的。」

「這麼晚還特地跑來嗎？」

「沒錯，確實是……很晚……」

我看了一下時鐘，發現早就超過晚上十一點了。

「鳥、鳥越！」

「咦，怎麼了嗎？」

「末班電車是幾點？相信妳是搭電車過來的吧？」

「末班電車……啊。」

看來鳥越將這件事忘得一乾二淨。

我馬上用手機搜尋，很快就查到時間了。

「末班電車再過八分鐘就會進站。」

我馬上站起身來。

「我騎腳踏車送妳過去應該還來得及！」

「咦～？靜靜直接住在我們家就好啦～」

「問題是明天還要上學啊。」

我如此反駁茉菜後，鳥越也點頭肯定。

「嗯，我不是穿制服過來……終究得回家一趟才行。」

在鳥越做好回家準備的這段期間，一直待在旁邊的茉菜以悠哉的口吻說：

「要是讓小姫奈知道靜靜獨自在這裡過夜的話，肯定會嚇到當場昏倒，直接不省人事。」

「這怎麼可能嘛。」

話雖如此……

『喔～這樣啊～看你們似乎玩得很開心喔。我沒說錯吧？就是這樣對吧？』

我的腦中浮現出伏見的笑容，不過那個笑容還蒙著某種難以言喻的陰影。

「假如真的變成那樣，今後在各種方面上都會很令人傷腦筋。」

我沒有理會似乎還想說什麼的茉菜，與鳥越一同奔出家門，在伸手抓住腳踏車的龍頭後，我便把腳架踢起來。

「妳知道怎麼坐後座嗎？」

「雙、雙載嗎？」

「沒錯。」

「我、我不會。」

「……咦。」

「但眼下沒空讓我說這種喪氣話，我會加油的。」

「嗯，就像這樣。」

我先跨上腳踏車，然後讓鳥越把雙手放在我的腰上。

「這、這樣對嗎？」

「妳想抓哪裡都行，只要別跌下去就好。那就出發囉。」

我確認鳥越坐好之後，便卯足全力踩下腳踏板。

忽然間，後座傳來一陣輕笑聲。

「呵呵呵。你居然就像漫畫裡的角色那樣，發出『唔喔、喔喔』的吼叫聲耶。」

「妳、妳這個笨蛋，別逗我笑啦，會害我使不上力。」

「但我真的沒亂說喔。」

大概是我的樣子過於滑稽，鳥越再度輕笑出聲。

「啊——！等、等一下！」

「怎麼了？」

「我的涼鞋掉了。」

「喔喔喔喔喔！真的嗎!?」

在我緊急煞車的同時，背後隨之傳來「呼啾」的怪叫聲，並且有東西撞在我的背上。感覺應該是鳥越的臉。

「我這就去撿回來。」

鳥越金雞獨立地跳向涼鞋落下的地點，等她穿好涼鞋返回後座之後，我繼續踩動腳踏板趕路。

這個期間，我莫名有股不祥的預感。

不停大口喘氣的我，目送鳥越進入車站，當我準備悠悠哉哉地騎車踏上歸途之際，只見鳥越走了回來。

她的臉上寫滿歉意。

「對、對不起……最終還是沒能趕上。」

「老實說我有猜到了。」

「都怪我不小心讓涼鞋飛出去。」

「沒那回事，我覺得應該影響不大。」

「我身上的錢也不夠搭計程車……那我待在這裡等首班電車好了。」

「先等一下，茉菜也提議讓妳在我家待一晚，等到首班電車發車時再過來──」

面對我的提議，鳥越搖頭否決。

「我不能再給你增添更多麻煩了。」

因為鳥越內疚地縮著脖子，令她看起來更加嬌小。

「真不懂我自己在想什麼，其實大可等到明天再來找你商量。都怪我太開心，這麼晚還跑來找你，又勞煩你送我到車站，途中我竟然不小心落下涼鞋，才會沒能趕上末班電車，結果又給你添麻煩……」

鳥越垂頭喪氣地陷入深深的自責之中。

「我並不覺得妳給我添麻煩喔。」

即使我這麼說，鳥越仍心情沮喪地低著頭。

「鳥越，妳家住哪？」

「咦，我家嗎？」

於是她將住址以及離家最近的車站告訴我。

「按照腳踏車的速度，單趟大約一個小時吧。」

幸好我有帶手機出門，只要有地圖APP就不必擔心迷路了。

「沒能及時提醒妳回家的我也有責任。若是不嫌棄的話，就讓我送妳回家吧。」

我拍了拍腳踏車的龍頭。

「可以嗎？我、我跟姬奈不一樣，身體密度比較高，可能會有點重喔……？雖然這麼說有點晚，可是時間一長，我擔心會累壞你的……」

「身體密度比較高是什麼鬼啊。」

這拐彎抹角的說法惹得我不禁輕聲一笑。

「倒是你沒問題嗎？長時間坐在後架上，或許屁股會發疼喔。」

鳥越沒有回答，重新坐回腳踏車的後架上。

我往前騎了一段時間，突然想起乾脆等媽媽回家後，再拜託她開車送鳥越回去即可。

於是我對後座的鳥越提出上述建議——

「這太給人添麻煩了，我實在不能這樣拜託令堂……對吧？」

隨即換來這樣的答案。

該說是鳥越過於客氣，或是她不習慣接受別人的好意，總之她對沒能趕上末班電車一事耿耿於懷。

鳥越也表示不能拜託家人來接她。在我的追問之下，她才坦承自己是偷偷溜出門的。

「所以我不能請家人來接我，抱歉。」

「既然是這樣的話，也就沒辦法啦。」

鳥越從後側利用地圖APP幫我指路。

我按照指示專心騎著腳踏車。

就這麼載著鳥越往前駛去，穿過被路燈和車燈照亮的國道，行經學校附近令人熟悉的道路。

這段期間，我們都在聊電影的事情。

「妳打算怎麼收尾呢？記得妳說過很猶豫結局該如何吧？」

劇情大綱是兩位女主角愛上了同一名男子。

「我覺得沒必要讓兩人分出勝負，畢竟那樣感覺上有點太令人傷心了……」

如果按照少年漫畫的套路，結局就是主角戰勝競爭對手。

「我想寫成兩人都有機會一償宿願的開放式結局。」

「這種結局還是比較妥當。」

「高森同學，我會不會重？你還好嗎？」

「妳就儘管放心吧。」

我已記不清這是鳥越第幾次的關心了。

「依妳的身材，完全無須擔心這種事吧。」

「但還是會在意嘛。」

儘管鳥越有壓低音量，還是傳進我的耳裡。

「啊、前面左轉。」「直到下個紅綠燈前都往前騎。」

鳥越語氣平淡地幫忙指路，不禁讓人聯想到語音導航功能的聲音。

在此之後，我們兩人都陷入沉默。

事實上我們都不是健談的人。每次一起吃午飯，反倒是不說話的時間還比較長。

「你老實回答我。」

鳥越打破了沉默，但她似乎仍有些猶豫，於是停頓一段時間才繼續說下去。

「……你對姬奈有什麼想法？」

對伏見有什麼想法……嗎……

在我煩惱該如何表達才能夠避免造成誤會時，鳥越似乎承受不住這段沉默了。

「抱歉，你不必勉強回答，當我沒問過這件事。」

「啊、嗯……我明白了。」

「我對此是挺好奇的，卻又莫名不想知道答案……」

看來發問的當事人也相當困惑。

雖說此刻正值深夜，但目前是七月上旬，已來到梅雨季即將結束的時期。我在這一路上不停踩著腳踏車，因此有件事令我越來越在意。

「鳥越，妳可以不必抱得這麼緊。」

「為什麼？」

「因為我流汗了。」

「嗯，沒關係。」

「問題是我有關係啊。」

「儘管算不上是好聞，可是我並不排斥。」

這是哪門子的評價？聽起來挺微妙的。

明明已提醒鳥越別抱得太緊，她卻用原本抓著後架的手摟住我的腰。接著她貼在我背上，感覺應該是臉頰才對。隔著T恤能感受到鳥越的體溫。

「好暖喔。」

「這算是彼此彼此吧。」

鳥越像是反射性地呼出一口氣。

「真叫人心動呢。」

我的心臟用力一震，繃緊全身等著她把話說下去。

「這段時間。」

啊～原來是指這件事。

嚇死我了……

「難不成你以為我會再度告白嗎？」

「……才、才沒有咧。」

「這樣啊。」

背後隨即傳來含蓄的笑聲。

我把鳥越送回家後，返回家中時已是凌晨兩點。另外我完全沒發現茉菜一連傳給我好幾則訊息，以『靜靜有趕上電車嗎!?』為開端，然後就是『有人在嗎～!?』、『居然不鳥我!?』、『未免太扯了吧——!!』諸如此類的內容。

等到了明天，真不知她會怎麼臭罵我。

我洗好澡後，鑽進被窩裡用手機查詢資料，就這麼不知不覺地進入夢鄉，等再次清醒時發現時鐘正指著十點。

「……咦？」

十點？是早上十點？

今天是假日嗎？

手機顯示鬧鐘有正常運作，偏偏我完全沒聽見。

另外身旁放了一張應該是伏見留下的紙條，上頭寫著『小諒你這個睡美人！我自己先去上學了！』。

「哪有人會說男生是美人啊。」

我開口吐槽這種無關緊要的事情。

這表示伏見有來叫我起床，只能怪我自己完全沒醒來。

「上學……」

我開始運作剛睡醒的大腦，記得今天沒有小若班導的英文課——

意思是我可以蹺課囉。

我停下換上制服的動作，重新躺回被窩裡。

接著打開仍未關閉的瀏覽器，繼續瀏覽昨晚查閱的資料。

「……」

我是在搜尋關於自製電影的內容、所需道具與器材等等。當我閱覽著自製電影拍攝者的紀錄、當事人的經歷等訊息時，腦中忽然閃過一個念頭。

「看這樣子，應該會需要電腦吧……」

我以往都是用手機來編輯影片，但實在無法拿來剪輯電影。

如此一來，光靠我手邊的零用錢根本買不起……

當我發出沉吟陷入煩惱之際，忽然傳來門鈴聲。

難道是貨運公司？

仍穿著睡衣的我走下樓梯，將玄關的大門推開後，發現是一身制服的姬藍站在面前。

「嗚哇，姬藍……妳怎麼會跑來這裡？」

「諒！你沒有好好休息不要緊嗎!?」

姬藍顯得十分慌張。

「啊～嗯，我剛睡醒沒多久。」

「啊、這樣呀，不好意思把你吵醒了。那我稍微打擾一下喔。」

姬藍輕輕推開我走進屋內。

「姬藍，妳沒去上學嗎？」

「我從學校溜出來一下。」

「這是哪門子的一下啊……」

「因為靜香同學一臉哀傷地說你可能是身體不適，所以我決定過來照顧你。」

鳥越……？啊，大概是我昨天騎腳踏車送她回家，她才會以為我搞垮身子吧。

「我說姬藍啊，妳不必特地來照顧我，趕快回學校吧。我不要緊的。」

似乎是先繞去超市買東西的姬藍，將裝有各種食材的袋子拿到廚房裡。

姬藍左右晃了晃豎起的食指，神色得意地開口說：

「我們好歹是自小認識的老交情，對於你那『其實我很寂寞，拜託妳來照顧我』的心底話，我可是聽得一清二楚。」

「那是誰的心底話啊。」

姬藍把手洗乾淨後，開始操作手機。

「妳會做菜嗎？姬藍。」

「嗯，但需要影片輔助。」

「那個，這樣算不上是會做菜吧。」

「唉唷～總之你先去床上躺好，餐點做好後會端去給你的。」

做好後會端給我……問題是妳有辦法做好嗎？

「我並沒有不舒服到需要別人照顧——」

「我知道我知道，誰叫你其實非常溫柔，是不想讓我操心才這麼說吧。」

「妳真的誤會了……」

這丫頭完全沒在聽我說話。

姬藍無視我的擔憂，幹勁十足地將圍裙穿在身上。

她似乎把我的話都當成耳邊風，於是我乖乖地返回臥室，耐心等她完成餐點。

我換好居家服，繼續操作手機。

在進入求職網站後，以『高中生、打工、暑假』這些關鍵字搜尋。

雖然搜尋結果琳琅滿目，我卻對於自己能否勝任感到不安。

關於電腦一事，還是先找熟人商量看看是否有誰願意出售嗎……？

「不行……」

我搖頭否決這個想法。

眼下還是先別求救，得設法靠自己解決問題。

幸好電影目前尚未開拍，還有時間可以想辦法。不要馬上就想著去找人幫忙。

「……話說姬藍也太久了吧。」

算一算應該已過了三十分鐘。

我完全無法想像姬藍做出一手好菜的樣子。話說小學時的家政課曾與她分在同一組，而她從頭到尾都無視課本和老師的指導，堅持要走自己的路。

嗯～……真叫人不安耶……

「喂～姬藍？」

我往廚房內一看，發現哼著歌的姬藍正在攪拌鍋裡的東西。

「再過不久就能煮好了。」

姬藍扭頭朝我露出一臉燦笑，只見廚房內是一片狼藉，宛如有野貓跑進來大搞破壞過。

感覺上根本不能放心……

面對這幕茉菜看了絕對會氣炸的光景，我不禁感到一陣頭昏。

「我來幫忙清理，料理就拜託妳囉。」

「好～～」

我站在心情大好的姬藍身旁清洗散亂的調理器具，並將拿出來就沒收回去的調味料擺回原本的位置。

我心驚膽顫地探頭往姬藍正在攪拌的鍋子一看，發現裡頭不斷冒出泡泡。

「泡泡……？」

而且是隱約夾帶著七彩顏色的半透明泡泡。

我看完之後只有不祥的預感。

「姬嶋小姐，妳是完全按照影片在做菜吧。」

「對呀，那還用說。」

姬藍朝我露出一臉燦笑地回應。

「影、影片裡也有出現這種彩色……那個，簡直就像是添加洗碗精所產生的透明泡泡嗎？」

「影片裡是沒有出現這些泡泡，但我相信都在誤差範圍內。」

誤、誤差範圍……

「這、這些菜有先好好洗乾淨嗎？」

「你這個人真愛瞎操心耶。我當然有洗菜囉。即使影片裡沒提到，這點常識我還是有的。畢竟總不能害你吃壞肚子——」

接著姬藍拿起放在流理臺旁的洗碗精。

「因此我有用洗碗精把菜洗乾淨喔。」

我隨即感到一陣頭昏，連忙站穩腳步。

瞧姬藍罕見地顯得這麼開心，我實在是說不出口……

沒辦法告訴她這鍋東西已經不能吃了。

此時，姬藍似乎大功告成，她把神祕的洗碗精湯盛進碗裡。

然後心滿意足地點了個頭。

「呵呵呵，跟影片裡的成品一模一樣。」

我相信是相差甚遠。

雖然我之前說過自己並沒有身體不適，但我決定收回前言，因為接下來我將會搞壞肚子。

「姬藍，影片可沒有那麼神喔？妳要懂得針對看完的內容加以判斷……」

「諒，你不知道在網路世界裡有很多神嗎？」

「話是這麼說沒錯啦。」

這碗湯很明顯只有一人份。姬藍把湯放在餐桌上，然後拉開對側的椅子坐下來，露出甜美的笑容催促我。

「你別客氣快開動吧。」

「姬藍妳呢？」

「我有帶便當。」

啊～這樣呀……

吃完之後得拚命灌水才行。

我舀起一匙湯，緊閉眼睛直接送進嘴巴裡。

「如何？很美味吧？」

為啥妳能這麼有自信？

「……這是法式清湯嗎？不過有股柑橘香，類似洗碗精裡的那股香氣在嘴裡散開來……」

姬藍困惑地歪過頭去。

「奇怪，我沒有添加柑橘類的食材呀。」

問題是妳不小心加進去了，來源就是那罐洗碗精。
幸好殘留的洗碗精只有一些，湯本身的味道還算正常。
我每喝一口湯，就會連喝三杯水。
為了以防萬一，吃完後我馬上去服用胃腸藥。
「……另外，關於那件事……」
一段時間後，姬藍像是終於等到機會地切入主題。
「那件事？」
「就是筆記裡的那個約定。在我轉學之前……那個……我們是……兩情……相悅……」
姬藍的嗓音越說越小聲。
由於她顯得很害臊，導致我也跟著害羞起來。
「那、那都是以前的事情！是陳年往事！」
「嗯，就是說啊。」
姬藍滿臉羞紅地斂下眼簾。
因為她的態度與以往截然不同，令我不知該如何應對……
在小學三年級的塗鴉本裡，畫了一支底下寫有我跟姬藍兩人名字的雨傘，並且記載著我和姬藍在當時許下的約定。

不過，這就跟我與伏見立下的口頭約定毫無分別。

「我懷疑是我轉學以後，你恰好跟姬奈許下和我一樣的約定。」

「而我只是剛好忘了此事──」

「要不然就是姬奈自己寫下那個約定。」

我覺得比較有可能是自己忘了與伏見的約定。

「我認為純粹是我忘了這件事。畢竟我對小學時發生的事情都記不太清楚。」

「該說姬奈她這個人很精嗎……也能算是很狡猾……總之她有這樣的一面，因此無法否認或許是她『借題發揮』謊稱有那個約定。」

姬藍神情凝重地皺起柳眉。

其實在我小五的筆記本裡寫有『等長大成為高中生以後，就要跟小姬奈第一次親親』這行字，而且字跡很像是女孩子寫的。

倘若伏見一如姬藍的猜測那麼做，並且那行字也是出自伏見之手……

「有可能是姬奈想藉此操控你，便謊稱是你忘記了。」

「她這樣操控我也沒有好處。我又不是哪來的名門貴族，就只是一個無名小卒耶。」

「這對你來說或許沒什麼……可是對我……對我和靜香同學就是很嚴重的問題。」

這種事已經無法確認真偽，除非伏見肯說出實話，要不然絕對無法找到任何確切的證據。

「總之她說什麼就是什麼，即使有疑慮也沒啥好深究的吧。」

「我說你啊，對姬奈總是特別寬容。」

姬藍瞄了我一眼，不過她的眼神中透露出一絲寂寞。

「你是不是很得意自己能和校花打好關係？」

「我才沒有這麼想過咧。」

「……對不起，是我說得太難聽了。」

我搖搖頭表示自己並沒有放在心上。

相信有些人基於嫉妒的關係，有在暗地裡這麼中傷我吧。

事實上我之所以能與伏見重修舊好，起因是我從痴漢的手中救了她。

那完全是突發事件，絕非刻意造成的。而且在當下，我也沒發現受害者就是伏見。

「明明我也很受歡迎呀。」

「畢竟妳很努力從事偶像工作嘛。」

「是啊，結果你在我不知道的地方，居然跟姬奈……」

低著頭的姬藍將目光微微向上，直直地對準我。

「……明明你以前是喜歡我的——」

「這件事妳要糾結到什麼時候啊。」我笑著如此吐槽後，姬藍連忙用手摀著嘴巴，再度斂下眼眸。

「我、我先回學校了！」

「咦、喔，嗯……？」

姬藍從座位上起身，拎著書包快步走向玄關。

我迅速推開快要關上的大門。

「姬藍，謝謝妳來探病。」

本以為姬藍還想說什麼，結果她竟朝著我吐舌頭，並很快就把臉撇開，兩耳發紅地轉身離去。

◆鳥越靜香◆

「小藍她去哪了？」

自習期間，姬奈用自動鉛筆後側抵著自己的臉頰，扭頭張望四周如此說著。

由於姬奈鄰座的同學到現在還沒來上課，外加上老師也不在，因此我跑去坐在姬奈的隔壁座位上。

「也許她蹺課了。」

真沒想到她會有這麼不認真的一面。

我如此回應後，姬奈的表情變得有些陰鬱。

「這可是期末考前的小考，乖乖寫完絕對會比較好喔。」

「其他人並沒有像姬奈妳這樣注重考試。」

我露出苦笑說完後，姬奈像是難以理解似地皺起眉頭。

「小靜妳這次考試沒問題嗎？」

「嗯，跟以前差不多。」

「這樣啊，那就好～」姬奈回以笑容。

姬奈就像是想刺探般拋出話題。我相信她真正想問的不是這件事。

——說起第一堂課的下課時間，當時的我們開始擔心到現在都還沒來學校的高森同學。

「諒還是沒來學校耶。」

「我早上有去叫小諒起床，但他完全沒有清醒的跡象，我在一陣猶豫後只好先來學校了。」

我直到現在才知道，原來姬奈每早都會去高森家。

「我有跟小茉菜一起去叫小諒，結果完全沒用。」

「是嗎？諒這傢伙根本睡死了吧。」

我把兩人的對話當成耳邊風。

對我而言必須盛裝打扮，就連頭髮也要特地弄好造型才能夠去的地方，姬奈每天早上都會前往。

在我眼中的非日常，對姬奈來說是再平常不過。

因為他們住得很近，去拜訪對方家就跟前往附近的超商毫無分別……所謂的青梅竹馬，為何可以這樣耍特權。

「我發的訊息他完全沒讀。」

「我的也是。嗚嗚嗚嗚～小諒他難不成打算蹺課吧？」

發出呻吟的姬奈，神情無奈地注視著手機螢幕。

太好了，既然她們的訊息同樣都顯示未讀——表示被忽視的人並非只有我。

於是我將自己的猜測說出口。

「我想高森同學應該是身體不適。」

我使用較為篤定的措辭，而非徵求其他人的意見。

自己反射性說出這種像是想制衡他人的話語，令我感到一陣自我厭惡。

不過要是被我說中的話，原因很有可能就是昨日一事。

都怪我不小心沒能趕上末班電車，迫使高森同學大老遠騎腳踏車送我回家。

老實說這令我好開心，但假如因為這樣害高森同學生病了，我只覺得非常內疚。

「他昨天明明還那麼有精神，怎麼會突然身體不適？」

小姬藍納悶地歪著頭。

「那個，嗯，也許是他發燒了。」

「不過小諒秉持的原則是『沒病的時候才要蹺課』吧……？」

「畢竟這只是我的猜測，一切都很難說。」

「確實是有這種可能性。」

後來，小姬藍像是想上廁所似地走出教室後，結果直到下一堂自習課開始都沒返回教室。

「小藍大概是去保健室了。」

「所以小姬藍也身體不適嗎？」

「說起小藍她這個人是獨行俠技能完全點滿，從來不把『報聯商』這件事放在心上。」

我瞄向與姬奈相對的另一側隔壁座位。

小姬藍確實有著讓人猜不透的一面。

比方說她面對另外兩名女同學提出一同去上廁所的邀請時，她當場給出「妳們慢走」的回應。

當我目擊這一幕時，總覺得現場氣氛有些尷尬，邀請她的兩位女同學也神情尷尬地彼此對視一眼，接著就離開了。

這件事對我來說，算得上是一種文化衝擊。

我覺得自己應該沒有勇氣拒絕此事。即使並沒有想上廁所，我也會毫不猶豫地跟著對方一同前往，然後站在洗手臺前和對方談天，閒聊近來的課程、老師的事情、喜歡的影片以及厭惡之人的八卦——

當我們寫著自習課發下的考卷時，姬奈繼續說：

「小藍她是孤獨一匹狼，真的很厲害喔。」

與對方一起去上廁所，能為彼此貼上我們是好朋友的標籤。

因此反問我這種行為能證明什麼，我只能說沒這麼做會令人心生不安，甚至導致人際關係產生裂痕。

我認為這就類似於男女朋友之間的接吻。只是我並沒有交過男朋友，老實說也不太清楚。

「小靜，妳寫完了嗎？」

「只剩下最後一點。」

「寫完之後一起去廁所吧。」

「好的。」

當我寫完最後一題後，就把考卷蓋在桌上，並將手帕放進口袋裡。「這次的題目有點難耶。」我邊說邊從座位上起身，和姬奈一同走在寂靜無聲的長廊上。

「不知小諒他怎麼了？」

「如果只是蹺課就好了。」

「那個，這實在算不上是好事喔。」

姬奈回以一個苦笑。

「為何妳會覺得小諒是身體不適呢？」

相信姬奈對於我之前說的那句話，一直耿耿於懷到現在吧。就跟小石子跑進鞋子裡的感覺十分相似。

「其實我昨晚去了高森同學他家，商量完電影的事情之後不小心錯過末班電車。」

「……這樣啊。」

能看出姬奈的笑容變得有些僵硬。

「於是高森同學特地騎腳踏車送我回家。」

「咦，從小諒家到妳家嗎？距離應該挺遠的吧。」

「嗯，真的是幫了我一個大忙，不過高森同學肯定很晚才回到家，所以我才會……」

「原來如此，但我認為小諒只是累到起不了床而已。」

「希望真是這樣。」

我不該提及這件事。

但是高森同學沒有起床看我傳的訊息，害我忍不住立刻聯想到他是否搞壞身子了。

完全沒必要把實情說出來。

我因為一時之間打翻醋罈子，就這麼傷了姬奈的心。

「……抱歉。」

「小靜妳為何要道歉呢？妳別在意，這件事只能怪小諒自己太愛賴床了。」

我瞄了一眼笑容十分率真的姬奈。

妳誤會了，我並非針對這件事情道歉。

偏偏我一句話都說不出來。

「吶吶，最後決定要拍怎樣的故事呢？」

姬奈似乎察覺我的表情有些陰沉，於是換了個話題。

「目前只決定好劇情大綱。」

姬奈一臉認真地聽我解說。

而我又在心中對她說了聲抱歉。

③ 放暑假前的難關

再過不久就要期末考了。

篠原得知我、伏見、姬藍以及鳥越要去圖書館做考前衝刺之後，便表示想一起參加。

坐在我旁邊的人是姬藍，伏見位於我的正對面。

篠原和鳥越則坐於隔壁桌。

「小靜，妳從剛才一直在做什麼？」

篠原暫時停筆，語氣悠哉地詢問鳥越。

「我正在寫劇本，因為剛好有靈感。」

「不趕緊唸書沒問題嗎？」

「沒問題。」鳥越沒有接受篠原的關切如此回答。

「專心，小諒，你的手停下來囉，趕快繼續解答下個問題。」

「收到～」我心不在焉地回應。相信伏見也清楚聽見劇本這兩個字。基於這個原

© Fly

因，她難掩好奇地不斷側眼偷瞄鳥越。

「姬奈，如果妳這麼在意，去借來看一下不就好了？」

視線仍對準問題集的姬藍提出建議後，只見伏見搖頭婉拒。

「因為目前正在溫習功課。」

其實鳥越的成績並沒有特別好。另外這次期末考要是數學和英文未達三十分的話，就得強制參加學校舉辦的暑期補習。

因此我們拜託姬奈老師來擔任家教，針對數學跟英文做重點複習。

「小藍，妳這題……」

「別擔心我，反倒是妳要小心別陰溝裡翻船囉。」

「就算當真出狀況，我也不至於考到不及格，妳放心吧。」

伏見如此誇下海口。

……真叫人羨慕。

姬藍似乎抱持跟我一樣的想法，對笑臉盈盈的兒時玩伴露出微妙的表情。

「對了，記得姬藍妳的功課還不錯吧。」

「至少比你好。」

當我開始回想姬藍小學時的成績如何之際，恰好瞥見她的筆記本裡夾著一張小考考卷。

看起來應該是前陣子的小考……

我抓準姬藍專心寫問題集的空檔，將那張數學考卷抽出來。

在滿分五十分的小考考卷上，寫著紅色的『3』這個數字。

「噗哈！這分數比我還糟耶！」

終於回神的姬藍，連忙把考卷搶回去。

「唉唷，你別擅自拿去看啦。」

「喂喂喂，姬藍，看這邊看這邊。」

「你臉上的笑容看起來真欠揍……」

「自稱功課比我好的姬嶋小姐，妳知道我考幾分嗎？」

想藉機炫耀的我，在姬藍回答前就把自己的考卷拿出來了。

「13分。」

「唔……我居然考輸你這麼多……」

姬藍顯得相當懊惱。伏見則是無奈地白了我一眼。

「既然沒超過總分的30％，小諒你也一樣是不及格。」

「妳別講得那麼現實嘛。但假如滿分變成一百分，我就是26分囉……這樣啊，26分……」

這分數聽起來還不錯耶？

「你在沾沾自喜什麼啊？諒，到頭來還是沒及格喔。」

「問題是滿分變成一百分，姬藍妳也只有6分喔，跟我相差整整20分耶。」

「我、我與諒之間竟然有一條難以跨越的鴻溝……！」

「妳轉學進來都不用考試嗎？」

「有考啊，因為是填答案卡，也就沒那麼難作答了。」

答案卡是只需記得把選框塗黑就有機會拿到分數，至於會不會解題則是另當別論。

伏見重重地咳了一聲。

「這世上只分成考試不及格與及格兩種人，像我就是屬於後者，敢問二位是屬於哪種人呢？」

伏見笑咪咪地看著我們兩人。

「拜託你們別再五十步笑百步，集中精神解題好嗎？」

「收到～」「是。」

挨罵的我們異口同聲地回應。

我在動筆填寫問題集的途中，只見姬藍很快就停下手中的筆。即使只能看見她的側臉，也可以發現她此刻煩惱到將那漂亮的柳眉、高挺的鼻子以及櫻桃小嘴全擠成一塊。

「高諒，你別一直盯著藍華大人。」

篠原不知何時跟伏見換了位子，變成坐在我的正對面。

「我又沒一直盯著。」

篠原瞪視著我的眼神，就像是看見盤旋於蔬果上的蒼蠅一樣非常不屑。

「美南同學。」

篠原被姬藍喊到名字的瞬間，立刻抬頭挺胸端正坐姿。

「是!?請、請問有何吩咐？」

「我叫做姬嶋藍……如果可以的話，希望妳能喊我的名字。」

姬藍對篠原露出身為偶像的職業笑容。

「直、直呼藍華大人您的本名，像我這種人實在是不勝惶恐……」

「那個……」

姬藍臉上的笑容當場僵住了。

能讓人深刻感受到她不知該如何處理眼下的狀況。

「篠原，妳別把姬藍當成神那樣崇拜，姬藍會很困擾的。」

篠原一聽完我說的話，推了推眼鏡露出十分得意的樣子。

「麻煩你別講得好像唯獨你最了解藍華大人，藉此強調自己才是元老級粉絲好嗎？明明是我比你更早成為藍華大人的粉絲。」

「我聽不出來自己剛才哪句話有強調這種事耶。」

更何況我是姬藍的青梅竹馬，若要論輩分的話，我可是始祖級的好唄。

就由我來讓篠原明白，姬藍完全沒有一絲值得令人尊敬的地方。

我翹起大拇指對準姬藍說：

「妳口中的這個神，是個數學小考只拿3分的神喔？根本就是等著接受暑期輔導喔——」

「唉唷，你少在那邊多嘴啦。」

姬藍似乎對於被人拆穿此事感到相當丟臉，氣得用手肘輕輕頂我一下。

「慌張的藍華大人……生氣的藍華大人……全都好可愛……太高貴了……」

那邊的眼鏡妹，妳別把姬藍當成神來拜啦。

「妳也叫她『姬藍』如何？只要聽起來不像是本名，妳也比較容易喊出口吧？」

畢竟就連鳥越也稱她為『小姬藍』。

「那我改口為『姬大人』好了。」

看來篠原就是堅持想加上『大人』這個稱謂。

「嗯，那就拜託妳這麼做囉。另外無須對我使用敬語。還有別稱我為藍華，我不叫那個名字，真要說來是該名字與我毫無關係……真的與我毫無關係。」

她居然同一句話連說兩次。

想想大家今後還有機會像這樣碰面，設法讓篠原習慣與姬藍相處或許會比較好。

「篠原，記得妳功課還不錯吧？就由妳來指導姬藍的數學吧。」

篠原透過眼神向我確認。

我側眼觀察姬藍的反應，她似乎真的陷入苦戰之中，於是我點頭回應。

「美南同學，拜託妳了。」

「遵……我、我知道了。」

篠原顯得有些緊張，卻還是有幫忙解答姬藍在課業上的問題。

即使就讀不同學校，幸好教科書還是一樣對吧，篠原。

我扭頭望向隔壁桌，發現伏見不斷對鳥越提問。

「小靜，後來又是怎樣呢？」

「嗯，我晚點告訴妳，妳再等一下。」

伏見還是很好奇劇本的內容，坐在鳥越旁邊不停伸長脖子調整角度，想偷看鳥越在寫什麼。

「那樣發展的話，我……」

「唉唷，妳有點吵耶……麻煩讓我集中精神。」

鳥越一掌伸向伏見的臉，把想要偷看的她推開。

那邊的情況好像也很辛苦。

閉館時間一到，我們便離開圖書館。

根據鳥越的說明，劇本已寫好四成左右。

這麼一來，只要沒有大幅修改，關於角色分配、需要的小道具以及場地等等都能先安排了。

「高森同學，我只差一點就會寫到一個段落，到時能拜託你看一下嗎？」

我一口答應鳥越的請求。

「嗯，沒問題。」

「吶～小靜，我呢～？」

「姬奈妳毫無客觀性可言，所以沒關係，妳乖乖等著劇本完成就好。」

「咦咦咦～」

無須多言，伏見在回程的路上一直鼓著雙頰鬧彆扭。

隨著自製電影的準備工作逐步執行，時間也越來越接近暑假。

「你們有什麼想辯解的嗎？」

今天一整天心情都很差的伏見，雙手環胸坐在對側的座位上。

自從發生那件事以後，她就一再地質問鳥越、姬藍還有我……

這裡是車站前的某間速食店裡，伏見深深地發出一聲嘆息。

「為什麼你們三人都沒及格呢？明明之前有一起唸書呀。」

伏見話中帶刺地追問原因。

我們三人彼此對看一眼。

「話雖如此，伏見妳看我是25分，整體表現還算上乘，可說是雖敗猶榮。」

伏見忍不住垂下頭去。

「你是拿什麼臉說這種話呢？」

我、鳥越以及姬藍的英文期末考都有順利低空飛過，但是數學就全都拿了不及格。

「小靜，我之前問妳的時候，妳不是說自己沒問題嗎？」

「嗯，以我的水準來說，很有機會考到30分才對。」

「妳好歹也說自己有把握嘛……怪不得會不及格……」

「取而代之，我已經寫好劇本了。」

「真的嗎!?」

伏見忍不住探出上半身，興奮得雙眼發亮，但她很快就發現自己要離題了，於是用力甩了甩頭。

「這件事先暫且不提……小藍。」

「如果是寫答案卡，我就可以發揮實力。」

「做人應該無論何時都能發揮實力喔。」

我忍不住開口吐槽。

就算是劃答案卡，妳的分數也不會產生多少變化。

「出這種考卷實在是太不像話了。」

「最不像話的是姬藍妳的成績吧。」

「你只不過高我15分，少在那邊得意忘形。」

姬藍生氣地冷哼一聲。

「姬奈，重考拿不到50分的人才會被迫參加暑期輔導，所以妳別那麼生氣嘛。」

「我並不是針對此事在生氣，而是氣你們都沒有好好唸書。」

「哼～～」伏見就像是沸騰的水壺那樣一直在氣噗噗。

但我對重考一事是非常樂觀，原因是我每一次重考都能順利及格，擁有令人安心且值得信賴的實績。

我穿越過死線的經驗是無人能出其右。

就在伏見準備說教之際，鳥越從書包裡翻出四份用釘書針裝訂好的資料，然後放在桌上。

「這是我去教職員室列印出來的劇本，到時就按照裡面的內容來拍攝。」

鳥越在這段期間有多次拿給我過目，但我幾乎沒能提供多少建議。換言之，我個人認為這個劇本相當出色。

當伏見和姬藍默默拿起劇本仔細閱讀的時候，鳥越的表情變得十分僵硬。

「像這樣被人當面翻閱自己寫的作品，會令人莫名緊張耶……」

她們兩人專心閱讀著整疊看完應該不超過十分鐘的劇本。

大概是承受不了這樣的沉默，鳥越不停喝著裝在梅森杯裡的飲料。

接著鳥越又拿出一張Ａ４紙，上面寫有與我討論過並條列出來的各種電影拍攝所需用品，為了避免遺漏也向兩人徵求意見，她們表示沒發現有任何需要追加的東西。

「如何？」

因為鳥越遲遲沒有向兩人詢問感想，於是由我代為開口。

「我覺得心儀對象沒有實際登場的安排非常好。」

伏見率先開口。

此安排的原因是想找到一位配得上她們兩人的男生，恐怕得去洽詢藝能經紀公司才行。

「意思是以微電影來說，心儀對象沒出場反而能讓劇情的步調更流暢……是嗎？」

「嗯。」

「具體來說，這樣的安排反而讓我們更容易去想像對方是怎樣的男生。」

原則上算是得到兩人的好評。

接下來就是討論拍攝細節，並決定要如何分配工作給班上所有的同學。這部分只能說不愧是伏見，身為班上風雲人物的她有仔細觀察過每一個人。

比方說誰與誰比較要好，但因為很要好可能會摸魚，所以也安排一位個性認真的同學……

伏見就這麼展現出我和鳥越都大感欽佩的編排手腕。

我們講好等明天班會時間再公布此事之後，這天就先解散了。

雖說人手分配算是告一段落，但問題出在器材方面。

就算到時沒能取得大型照明設備，至少也得把攝影機、麥克風以及小型照明設備弄到手，按照我在網路上查來的資料，最少需要好幾萬元。

我在回家路上和伏見以及姬藍提及此事之後，姬藍瀟灑地提議說：

「如果只是這點錢的話，我可以幫忙墊喔？」

「暫停暫停，這麼做好像不太對耶。」

對了，想想姬藍在不久前有著頗為優渥的收入。

「會嗎？」

和我抱持相同意見的伏見點頭回應。

「就是說啊，這件事不能完全依靠小藍妳一個人。」

由於拍攝工作已占掉大半預算，因此幾乎沒辦法把錢撥去租用器材。

只能靠我們自己設法籌錢……嗎……

「那就去打工吧，打工！反正『高中生』、『暑假』、『打工』這三個詞彙等於是綁在一塊的。」

「我不懂你們為何堅持要採取那種自找麻煩的做法……總之我不會去打工喔？」

面對伏見的提議，姬藍冷眼看待。

不管怎麼說，我也需要購買電腦以及剪輯軟體，所以算是正合我意。

「要打什麼工才好呢～？」

「像這種招募高中生的暑假短期打工，我覺得很有限喔。」

「咦～是這樣嗎？」

姬藍這時忽然「啊」了一聲。

「我有朋友從事相關工作，也許能幫忙借到這些器材。」

朋友……難道是……？

似乎一如我的猜測，姬藍輕輕地點了個頭。

「這樣啊！那還真是太剛好了！」

「不過也得對方同意才行，我先問問看。」

姬藍打算動用她在當偶像時建立的人脈吧。

看來她並非徹底與那時結識的人撇清關係。

因為姬藍說她已經退團且暫停演藝活動，這就表示她並非完全脫離演藝界囉……？

跟兩人道別之後，我一到家就躺倒在自己的床上。

接下來得唸書應付補考、尋找適合的打工，以及安排分鏡的拍攝行程——咦，想想自己好像很忙耶……

但令我意外的是自己對此並不排斥。雖然還得唸書是挺煩人的。

「我說茉菜啊，妳覺得我適合打什麼工呢？」

我向返家的茉菜徵求意見。

「葛格想打工嗎？嗯～啊、幫忙洗碗如何？」

「所以是餐廳啊～」

「不是的，我是指在家裡。一次兩百元要嗎？」

「我想問的不是這個啦……」

「咦～那你想問什麼～？」茉菜不開心地嘟起嘴巴。

幫忙洗碗一次兩百元，這是哪來的小學生啊。茉菜也不想想她自己都已經是國中生了。

在我用手機搜尋打工的時候，忽然收到訊息。是姬藍傳來的。

『對方同意讓我們借用器材，不過種類挺多的，可以麻煩你陪我一起去經紀公司嗎？因為我對這些不太了解。』

辦事效率很好的姬藍，似乎已經幫忙牽好線了。

老實說我對攝影也是一知半解，但終究不能把所有的事情全丟給姬藍去辦，於是我回覆說可以陪她一起去。

④ 男女兩人單獨出門就是約會

「讓你久等了。」

我在車站的月臺上等了一段時間後，姬藍終於前來會合。果然平常看慣她的制服打扮，現在改穿便服就給人一種新鮮感。

姬藍穿著輕飄飄的白色長裙搭配一件無袖襯衫。因為她是斜肩背著包包，所以胸部恰好被背帶突顯出來。

導致我反射性將目光飄向她的胸部，不過根據茉菜與鳥越的說法，女性對這種視線特別敏感，因此我盡可能克制自己別看著該處。

另外，姬藍今天還戴了一副眼鏡。

大概是姬藍注意到我一直盯著她的臉——

「啊，你想問這副眼鏡嗎？這是平光眼鏡，沒有度數。」

她敲了敲自己的鏡框，對著我輕輕一笑。

「該怎麼說呢？妳看起來很像是哪來的大學生。」

「意思是我這身打扮顯得比較成熟嗎？」

姬藍忍不住揚起嘴角，古靈精怪地朝我眨了眨眼睛。

不愧是在東京生活過一段時間的人，真是很懂得打扮呢。

今天是星期六，我們準備前往姬藍日前提到的經紀公司借用器材。

其實我也有邀請伏見跟鳥越，不過前者得去藝能學校上課，後者則需要檢查劇本，因此只有我們兩人有空。

我們搭乘進站的電車，一路向著經紀公司前進。

「所以妳並沒有完全脫離演藝界啊。」

「我沒有打算繼續當偶像，不過演藝工作只是暫停一段時間。」

「這樣啊。」

伏見倒是準備踏入演藝界了。

「我是國二那時開始當偶像的。在參加試鏡後，我獲選加入偶像團體……」

依照姬藍的說法，她實際上是當了兩年半的偶像。

但這也導致她與校園生活脫節，不僅沒時間去上課，就連學校活動也幾乎無法參加。

「當身體出狀況後，我就好想回到有你們在的老家。」

「辛苦妳了。」

我以慰問的語氣說完後，姬藍搖搖頭回答說：

「這根本算不上辛苦，畢竟我是遭淘汰出局的人。真正辛苦的是持續從事偶像活動的其他團員。」

就連對內情不太清楚的我，也能隱約感受出姬藍在那段期間真的非常努力。

在螢光幕裡的偶像們個個外表甜美、唱功出色、舞蹈帥氣且談吐風趣，不過他們絕大多數都跟我差不多年紀，卻能在演唱會或電視上展現出自己努力之後的成果。

雖然我也看過貼身採訪偶像的特別節目，但就算受訪者與我是同個世代，我也完全不當一回事。

不過當身邊出現有著相同際遇的人之後，總覺得自己的感受也開始產生變化。

想想姬藍聊起這類話題時，從來不會表現得高高在上或驕傲自大。

明明她對我的態度就完全不是這樣。

「諒，你說我今天看起來很像是大學生，意思是這身打扮適合我吧？原來你喜歡這種類型的女生呀。」

姬藍目不轉睛地看著我，臉上露出想捉弄人的笑容。

這讓我有機會仔細觀察她的臉，並且注意到一件事。

姬藍有化妝嗎？總覺得她跟平常不太一樣。

「關於妳的這個問題，我是不否認啦。」

「呵呵，你這個人還真不坦率耶。」

我們就這樣輕鬆聊天，搭了一個半小時左右的電車抵達目標車站，接著在姬藍的帶路之下，朝著該經紀公司走去。順帶一提，她其實並沒有離開這間經紀公司。

一路上人山人海，害我忍不住東張西望。

「奉勸你最好克制點，要不然會讓人發現你是從鄉下來的土包子。」聽完姬藍的忠告，我便乖乖按照她說的去做。

不久後，我們來到一棟一樓有開超商的住商混合大樓前。

「以前我經常光顧這間超商喔。」

明明距離當時並沒有那麼久遠，姬藍仍以懷念的口吻說著。

我們走進電梯，姬藍立刻按下四樓的按鈕。按鈕旁貼了一張以明體寫著『怒極PA』的標籤。

「這間公司的全名是怒極演藝經紀公司。」

「沒聽過耶。」

「這很正常。即使旗下團體非常出名，也鮮少有人知道他們所屬的經紀公司叫做什麼名字。」

出電梯往前走沒幾步，就有一個聯絡櫃檯用的內線電話。「早安，我是姬嶋。」姬藍拿起話筒說完後，走道深處的大門就被推開來。

一名年紀還不到四十歲，打扮相當時髦的男子從門裡走出來，並朝姬藍揮了揮手。姬藍也稍稍點頭與對方打招呼說：

「早安，松田先生。」

「妳最近過得好嗎～？小藍華。」

被稱為松田先生的男子嗓音悠哉地打招呼，臉上掛著一個柔和的笑容。他相貌堂堂到十分出眾，簡直就像是哪來的模特兒。

「是的，我的身體在那之後已無大礙。」

「那真是太好了～」

姬藍開始向我介紹松田先生。

「這位是松田先生，他是怒極ＰＡ的社長兼偶像團體的首席經紀人。」

「您、您好……初次見面，我名叫高森。」

松田先生探頭注視著我說：

「你就是小藍華的青梅竹馬，記得叫做諒是嗎？你的眼神真不錯……擁有一雙混濁的好眼神呢……」

混濁？這算得上是好眼神嗎？

如果是想稱讚人，大多都會說清澈的眼神吧。

等等，他剛才的談吐方式……感覺很偏向……？

「因為這間公司不大，所以社長才會兼任經紀人。」

妳誤會了，姬藍，我在意的不是這個部分。

「你們想借用攝影機、麥克風還有小型照明設備是不是？先去會客室稍微等我一下。」

「好的。」姬藍出聲回應後，便一副駕輕就熟的模樣走進公司，接著推開內側的另一扇門。

此房間裡有兩張正面相對的皮革沙發，側面的玻璃牆能讓人清楚看見外頭的街景。

「松田先生很照顧我，我參加試鏡當時也是由他擔任評審。」

「原來如此。」

「啊，難不成你以為經紀公司的社長都會對旗下偶像亂來是嗎？松田先生喜歡的是男性，因此你大可放心。」

果然是這樣。我聽完這句話終於釋懷了。

「讓兩位久等了～」

用屁股奮力把門推開的松田先生，手裡抱著兩包紙袋。

「不好意思連茶都沒有泡給你們喝，因為事務員是週休二日。畢竟這年頭對此方面管得很嚴不是嗎？」

「沒關係，請不用費心……」

坐在對側沙發上的松田先生，從紙袋裡取出三臺攝影機，三個能裝在攝影機上的專用麥克風，還有可以加裝於攝影機上的照明燈。

「只要看上哪一臺，儘管借去沒關係喔。」

「就是這樣。」

這三臺攝影機都小巧玲瓏，拿起來完全不會讓人覺得很重。其中特別吸引我的那臺，松田先生有簡單介紹一下。

我拿起其中一臺由大廠製作的攝影機，仔細觀察它的鏡頭。

……到時我就可以用這個來拍攝電影了。

一想到這裡，我就熱血沸騰地渾身一顫。

「那臺同樣可以正常攝影，你大可不必檢查得如此認真喔？」

「啊……」

「呵呵呵。」姬藍忍不住輕笑出聲。

其實方才聆聽介紹時，我就莫名想挑選這臺攝影機，因此沒有猶豫太久。至於麥克風的差異並不大，我便挑了最新推出的機型。小型照明燈同樣是選擇最輕便的款式。

「你要小心別把攝影機弄壞喔，記得它的價格不菲。」

「喂，別這樣嚇我啦……」

在我拿起攝影機左右端詳的期間，松田先生一直注視著我。

「你的眼神果真很不錯……是一雙混濁的好眼神。」

這真的是讚美嗎？我應該高興嗎？

等我挑好攝影機後，松田先生非常仔細地教導我如何使用。

我本來打算上網搜尋該攝影機的細項功能，這樣恰好幫我省去麻煩。

松田先生英俊到就連同為男性的我都驚為天人。與其說他是一名帥哥，以風度翩翩來形容會更適合。

「小藍華，方便耽擱一下妳的時間嗎？」

「好的，沒問題，請問是要聊什麼嗎？」

「要聊很重要的事情。不好意思喔，打擾到你們約會。」

約會……以客觀的角度來看，都會這麼認為吧？

「您、您誤會了！我只是拜託諒來挑選攝影器材……並沒有那種意思……」

姬藍紅著臉矢口否認。

我也同樣滿臉通紅，在一旁不停點頭肯定。

似乎是我們否認的態度比想像中更加堅決，松田先生不由得睜大雙眼。

「瞧你們慌成那樣。咦～～……真的不是？這樣啊。」

松田先生來回看了看我和姬藍，一段時間後才終於釋懷。

「看來妳退出櫻色時光是個正確的決定。換作是以前的妳，完全不會出現這種反應。」

「松田先生！我、我並沒有抱持這種想法……那個，這個……才跑來見您。」

雙頰泛紅的姬藍繼續否認。

「因為妳身上這套是決勝服吧。」

「噗咕！」

發出怪叫聲的姬藍拋出一句「我去一下洗手間……」，像是逃命似地離開會客室。

「小藍華她很可愛吧。」

「我沒想到她有這麼一面。」

由於姬藍看起來不像是容易被捉弄的人，因此她出現這種反應我滿意外的。

「如同姬藍……如同姬嶋她說的那樣，我們並沒有在約會，還請您別再取笑她了。」

「呵呵。」松田先生以氣音發出笑聲。

單看這個反應，完全就像是一名男性。

「看來小藍華是真的恢復精神了。在她準備離開『櫻時』前，整個人是嚴重消瘦，一點生氣都沒有。」

「真的嗎？」

「是啊……看她現在的模樣就能明白，她真的是一名女孩子。」

松田先生不斷點頭，像是終於想通了困惑自己許久的問題一樣。

「你們已經做了嗎？」

「噗呼！」

被口水嗆到的我不停大聲咳嗽。

「哎呀哎呀，你還好嗎？」

「我、我沒事。可是請您別忽然問這種奇怪的問題……」

「就只是稍微確認一下嘛。你這孩子也真是的，整張臉都紅通通的喔～」

「那是因為我被口水嗆到了。另外我們並沒有交往，所以……不會發展出那種關係。」

「身為小藍華所屬經紀公司的社長，人家必須確認清楚這類事情，而且她也沒有徹底脫離演藝界。」

松田先生對我輕輕一笑。

稍微聊了一陣子之後，我才知道有多個偶像團體都隸屬於這間經紀公司，而且經紀人都是松田先生。至於姬藍之前所屬的偶像團體，以公司的標準來說算是頗有人氣。

重新回到房間裡的姬藍大概有聽見我們交談的部分內容，隨即提出糾正說：「並沒有松田先生說的那麼受歡迎。」

「既然小藍華回來了，就麻煩小諒你先離開一下。」

「我知道了，那我先告辭了。」

我把借用的器材裝進紙袋準備起身時，姬藍突然叫住我。

「啊，諒，你找好打工了嗎？還是仍未確定？」

「是還沒確定，怎麼了嗎？」

「松田先生，諒想趁著暑假期間打工，請問您有合適的工作嗎？」

「會介意在我們這邊打工嗎～？」

這個問題是針對我的。

「其實我還在尋找職缺，也不清楚該找什麼工作，要是您不嫌棄的話，請務必讓我在這裡打工。」

「嗯～人家想想有什麼職缺。」

松田先生看著天花板思考一陣子後，便對我說：「若是有合適的職缺，人家會讓小藍華通知你的。」

才剛見面就拜託對方雇用自己，想想好像有點厚臉皮。看這情況大概是沒指望了。

「謝謝，那就拜託您了。」

我稍稍點頭表示感謝，並針對借用器材一事再次向松田先生致謝之後就離開經紀公司。

我待在外面並沒有等多久，就與出來的姬藍會合，來到位於經紀公司附近的某間咖啡廳。

姬藍說這是她很喜歡的一間店，店內十分安靜，同時播放著悅耳的爵士樂。

這裡的空調不會像超商那樣開得非常冷也是優點之一，是個非常舒適的咖啡廳。

年紀已達壯年的老闆一送上午餐提供的蛋包飯，我們便馬上開動。

「松田先生跟妳聊了什麼嗎？」

「你會在意嗎？」

一口含住湯匙的姬藍，對我露出試探的眼神。

「若是不方便說的話，我也不會勉強妳。畢竟當時還先請我離席，相信是不太能讓外人知道的內容。」

「真好吃！」一臉滿足的姬藍，用舌頭輕輕舔掉沾在嘴脣上的多蜜醬。

「其實是關於試鏡會。」

「試鏡會？」

「沒錯。」姬藍繼續說明。

「公司收到了音樂劇女主角的試鏡會通知，因此松田先生問我想不想參加。他目前對我採取的方針，是讓我去接受不同於偶像歌手的其他挑戰。」

「意思是妳接下來也會從事演藝活動嗎？」

「你會不喜歡嗎？諒。」

「當然沒那回事。」我搖頭否認。

「妳加油喔。」

「謝謝。」

此時，姬藍從桌子底下輕輕用腳尖頂我。裙襬下那雙白皙纖細的雙腳穿著涼鞋，還能看見那漂亮的腳趾甲上塗了深色系的指甲油。

「我知道自己給『櫻時』的團員們增添不少困擾，但我對於自己參加過偶像活動一事並不後悔，外加上我對音樂劇剛好挺感興趣，因此決定抱著就算失敗也無所謂的心情去參加試鏡會。」

就算失敗也無所謂……嗎……

或許做人就該珍惜這種心情也說不定。

哪像我無論做什麼都畏畏縮縮，就連此次擔任自製電影的導演，也是伏見推我一把才終於下定決心。

「我也應該效仿妳這種精神。」

「這句話莫名能感受到一反你平日作風的熱情呢。」

「很抱歉我居然一反平日作風啊。」

我們吃著蛋包飯一段時間後，姬藍在不知不覺間換成一張陰鬱的表情。

「你能變積極是好事……不過令你產生變化的原因是姬奈對吧？」

「唔～～」姬藍見我沒有否認，心情複雜地癟著嘴。

「還是一直陪在身邊的人最有影響力。」

不知該如何回應的我，比姬藍更早吃完餐點。

我稍微觀察了一下外頭，發現地面被太陽晒得不斷冒升熱氣。我打開手機看了一下天氣預報，今天的溫度有如盛夏，另外可能會有午後陣雨。

「如果你嫌無聊的話，可以用攝影機拍我。」

在我耐心等待姬藍將餐點吃完的期間，她突然如此提議。

「我是沒有嫌無聊啦。」

經她這麼一提，讓我忽然想拍點什麼，於是我從紙袋中取出攝影機。願意讓我拍攝的姬藍摘下平光眼鏡，接著用雙手按摩眼睛。

「要是不這麼做的話，臉上會留下戴過眼鏡的痕跡。」姬藍見我一臉困惑地望著她，隨即為我解惑。

「其實我已經在拍囉。」

「咦！這種事麻煩你早點說嘛。」

姬藍像是在抗議似地不斷擺動桌子下方的兩條腿。

「這段影片不會保留啦，我等等就會把檔案刪掉。」

「沒關係，請你務必要留存下來。因為這麼一來，就能證明你使用這臺攝影機第一個拍攝的對象是我。」

這種事有什麼重要的？我疑惑地歪過頭去。

姬藍用一隻手壓住側邊的頭髮，接著將湯匙送進嘴裡。像這樣隔著鏡頭，總覺得能更客觀地看待各種事物。

我直到現在才清楚明白，姬藍是一位眾人公認的美少女。

我們吃完餐點又稍微多待一下，之後結完帳便離開咖啡廳。

「這間店真不錯。」

「對吧？」

「那麼，預報說午後會下雨——」

當我準備向車站走去之際，卻被人抓住袖子。

「畢竟機會難得……」

我循著這股細語聲回頭一看，發現姬藍神情認真地望著我。

「希望你別急著提議回家。」

我和姬藍走在大街上，這裡的車輛行駛聲幾乎能蓋過蟬鳴聲。

因為室外溫度與開了冷氣的咖啡廳落差太大，所以令我備感炎熱。

「我有個地方想找你一塊去。」

我跟著拋出這句話的姬藍往前走，但她到底想去哪呢？

姬藍見我打算回家，便出聲挽留我。

而我回家後也沒有其他安排，因此陪她走走倒也無妨。

若要硬擠出一個理由，就是我想親手確認攝影機的各種功能。

「就是那裡。其實我很久沒去了，你有去過嗎？」

姬藍指的那棟建築，就是連我都有所耳聞的時裝大樓。

「難不成你是第一次來東京嗎？」

「我再怎麼說也有來過東京啦。」

「真的嗎～？」

姬藍以調侃的語氣說完後，忍不住笑出聲來。

「就叫妳別把我當成鄉下土包子啊。」

雖說我有來過東京，卻幾乎不曾來這裡逛街或購物。

就連我們準備前往的時裝大樓，老實說我也不懂那裡的衣服跟我們當地賣的有何差異。另外人潮還特別擁擠。

因此，我根本沒有理由要特地跑來東京。

不斷有看似同世代或還在就讀國中的女生們走進去的那棟大樓，我和姬藍也踏入其中。

就在這時，姬藍忽然摟住我的手臂。

「……姬藍。」

「怎麼了？你有什麼話請儘管說。」

「手……」

「然後呢？」

明明姬藍早就知道我想表達的意思，她卻裝傻地歪過頭去。

「放開我。」

「我偏不要。」

她笑咪咪地一口回絕我。

這是為什麼？

大樓內隨處可見應該是就讀國中或高中的女孩子。照此情況看來，或許也有小學生跑來這裡。

「我們去六樓吧。」姬藍說完便拉著我走進電梯。

只見越來越多人走進電梯——而且全都是女孩子——在擠滿一堆人之後，電梯的門才終於關上。

現場完全沒有多餘的空間，我與姬藍緊貼著彼此的身體。為了避免不小心觸碰到其他女生，我最終只能往姬藍的方向靠過去。

這情況就像自己誤闖女性專用車廂一樣，害我感到頗尷尬的。不知該把目光對準哪裡的我，在抬頭注視樓層顯示燈一段時間後，姬藍忽然輕聲呼喚我。

「諒。」

「嗯？」

「沒、沒事……」

姬藍像是不知該如何開口地撇開視線。

真難得看她這樣明明想說什麼卻嚥了回去。

嗯？

由於電梯內非常擁擠，我和姬藍也緊貼著彼此，外加上她摟住我的手，因此我的臂膀是整個壓在她的胸部上。

當我驚覺此事後，能感受到自己的臉完全漲紅。

「啊——姬、姬藍，這是因為……」

我很想解釋，偏偏退開的話就會碰到其他女生。

「……」

妳別一句話都不說地在那邊害羞，拜、拜託妳說點什麼，要不然會害我更尷尬耶。

當我如此天人交戰之際，電梯終於抵達六樓，我出聲提醒一句「不好意思借過一下」，便輕輕擠開其他乘客往前走。

眼見姬藍快要跟不上了，於是我一把抓住她的手，將她從電梯裡拉出來。

「剛剛那是不可抗力。為了避免誤會，我在此聲明一下。」

「我、我好歹也知道你不是故意那麼做的，而且我並沒有放在心上。」

話雖如此，她卻遲遲不敢看向我的臉。

「像那樣用手頂著青梅竹馬的胸部，你有何感想呀？」

讓人能感受到所謂的成長——這種話打死我都說不出口。

「妳別問這麼尷尬的問題啦……另外我才沒有用手頂。」

我忍住嘆息的衝動勉強回答完之後，姬藍像是再也忍不住地噴笑出聲。

「其實我也知道很尷尬呀，我是故意用這個問題來捉弄你。」

「妳這傢伙的個性還真是不錯啊。」

「呵呵呵。」姬藍含蓄地笑完後，露出一副想惡作劇的表情看著我。

「我的胸部可是比姬奈大喔。」

……我想也是。

「妳忽然說這種話……是想怎樣啊？」

「沒有啊，就只是陳述事實罷了。」

姬藍宛如唱戲似地拋出這句話。我們就這麼不知不覺地牽著彼此的手，開始參觀這個樓層。

我們走了一段距離，終於來到零售服飾店前。由於季節的關係，門口的假人模特兒身上穿著色彩繽紛的泳衣。

「那我們快進去吧。」

「這叫我怎麼進去啊！妳別一臉理所當然地拉我進去。」

「因為我想買泳衣，而且我打算將決定權交給你。」

我一點都不想要這種權利。

店門口的對側恰好有一張供訪客使用的長椅，我指著該處說：

「我坐在那邊等妳，妳就自己去買吧。」

「都怪你自己滿腦子不正經，才會覺得不好意思進去。」

姬藍拍了拍半裸的假人模特兒。

「諒，難道你看見穿泳衣的假人模特兒就會有感覺嗎？」

「才沒有咧。」

「那不就沒問題了？」

這樣就沒問題嗎？我已經快搞不清楚了。

遲遲無法反駁的我，就這麼被姬藍拖進服飾店內。

姬藍筆直地朝著款式琳琅滿目的泳衣區走去。為了盡可能降低來自視覺的情報，於是我用力瞇起眼睛。

店員會以質疑的眼神打量我嗎？

總覺得稍微能感受到來自其他方向的視線……

「噗！你怎麼會露出這種怪臉嘛。」

「不許說我怪。」

竟敢嘲笑我避免尷尬的應對方式。

啊，該不會是因為我的表情很怪，店員才看我吧？

姬藍沒有理會無地自容的我，開始挑選心儀的泳衣。

「這套如何？」

她取出其中一套泳衣，連同衣架拿到身前比對給我看。

「是好看啦。」

「諒就是喜歡這種款式對吧。」

「也不是我喜不喜歡啦……」

「這套呢？」

「很適合妳。」

「果然沒錯……不管哪套都很適合我。」

姬藍露出一副傷腦筋的樣子搖搖頭。

「服裝師也經常這麼稱讚我，說我穿什麼衣服都好看。」

這丫頭居然在藉機炫耀。

大概是被專業人士稱讚過，她才變得很有自信吧。

但也讓人覺得她有點自信心過剩。

「這套怎樣呢？」

「不錯喔。」

「你沒在敷衍我吧？」

姬藍像是質疑似地白了我一眼。

「沒那回事啦。」

純粹是我不知道該推薦哪套才好。

對我的話照單全收的姬藍上前詢問店員，然後拿著剛才給我看過的三套泳衣前往試衣間。

我不由得發出一聲嘆息。

礙於其他顧客都是女性，我便直接走出服飾店。接下來只要讓姬藍挑選自己滿意的泳衣就好。

我坐在店門口對側的長椅上一段時間後，之前用奇怪眼神打量我的店員走了過來。

「先生，您的女朋友希望您能幫忙挑選，可以請您一起來嗎？」

「啥？」

面對這段出乎意料的話語，我錯愕地眨了眨眼睛。

這是要我從哪裡吐槽起……

店員向我招了招手，邀請我再次進入店內。

她領著我來到位於深處的試衣間，以制式化的嗓音說了一句「請慢慢挑選～」之後，臉上掛著親切的笑容轉身離去。

姬藍從布簾間探出頭來。

「我穿好了。」

「我說姬藍啊——」

在我準備抱怨之際，姬藍將布簾一口氣拉開來。

出現在眼前的是雪白的肌膚、美麗的鎖骨，以及誠如她之前所言，比伏見更豐滿的胸部。以黑色蝴蝶結裝飾而成的這套泳衣，更加突顯出她那潔淨無瑕的白皙膚色。

因為一身泳裝的姬藍就站在眼前，令我不好意思正眼直視，所以只好側著頭偷看。

「滿、滿好看的。」

「其實我也覺得這套最好看，不過好像有點太成熟了。」

「如何？」姬藍原地轉了一圈，我才發現這套泳衣的腰部側面也綁有蝴蝶結，當她再度轉回正面時，那對酥胸似乎晃了一下。

「要看看我穿其他件嗎？」

「沒、沒關係，這、這套就好，不勞煩妳。」

「你確定？」

「那個，被我一個大男生看見自己的泳裝打扮，姬藍妳都不害羞嗎？」

「啊～起初確實有點抗拒，大概這就是所謂的習慣成自然吧。」

啊，也對，我的這位青梅竹馬曾當過偶像，總會因為工作關係得以泳裝亮相。等等，真的是這樣嗎？

「我相信其他泳衣也很適合我喔。」

「啊，這樣呀……」

「就是這樣。」

姬藍緊接著說下去。

「我願意成為你心目中的理想對象喔。」

姬藍結完帳後就從店裡走出來。可能是她覺得結帳時不需要我繼續陪同，即使我先一步走到外頭等她，她也沒有多說什麼。

接著我們前往一樓的美食區買了冰淇淋，我用塑膠小湯匙挖起一口放進嘴裡。

「妳為何要買泳衣啊？」

一樓的美食區人滿為患。姬藍也在同一間店買了不同口味的冰淇淋來吃。

「這還用問？記得有一幕場景是需要穿泳衣吧。」

「場景？」

「就是接下來要拍的自製電影，到時不是會去海邊嗎？」

我恍然大悟地拍了一下自己的大腿。

確實是有這樣的場景。但究竟是否真的需要泳衣，我個人是抱持質疑的態度。

「那一幕即使不穿泳衣也無所謂喔？」

姬藍似乎覺得我根本什麼都不懂，當著我的面重重地嘆了一口氣。

「並非拍戲時是否要穿，而是去海邊就會玩水吧？比方說拍片的休息時間。」

「我們拍好需要的畫面後就會直接回來囉。」

「你這個大木頭……到底把高中生的暑假當成什麼了？」

「一群高中生到了海邊，怎麼可能不玩水嘛。」姬藍說。

「是嗎？」我不解地歪過頭去。

畢竟現場那麼熱，腳踩在沙灘上還會刺刺的，我自小就對海邊沒留下什麼好印象……

「我之前就讀的高中沒有游泳課，所以才想添購一件。至於國中當時的學校泳衣……有些部分會害我穿不下。」

問題是我們學校也沒有游泳課啊。

依照我的觀察，伏見十之八九還穿得下國中的學校泳衣。

「既然我都這麼認為了，相信姬奈也會添購新泳衣。」

意思是鳥越也這麼想囉。她在寫劇本時想到需要去海邊拍攝，於是覺得大家都會換上泳衣玩水，這麼一來也就需要泳衣了。

「可以分我一口嗎？我的也分你吃。」

我的是香草口味，姬藍則是點草莓口味。於是我把自己的湯匙插在冰淇淋上，連同杯子遞到她面前。

「嗯。」

姬藍探出上半身，直接舔了一口冰淇淋。

「香草口味也不錯吃呢。」

語畢，她舀了一匙自己的冰淇淋，然後將湯匙伸過來。

「請。」

「這……」

「要融化囉？快吃快吃。」

姬藍抓準時機開口催促我。介意旁人眼光的我偷偷觀察四周，發現有一對看似正在交往的男女也正這麼做。

「有必要如此介意嗎？諒你也真是的，這樣會害我不好意思喔。」

「我並不是這個意思——」

才怪，明明就是這個意思。

實際看見也有其他人這麼做之後，逼得我只能吃下姬藍舀來的那匙冰淇淋。酸甜適中的草莓味隨即在嘴裡化開來。

「很好吃吧？」

此刻的我只能給出一個聽不出是「喔」還是「嗯」的回答。

接著姬藍摸了摸自己的嘴脣。

「我們接吻了呢。」

「也、也只是間接啊。而且這情況……我幾乎是被逼的。都怪妳那樣催促我，外加上冰淇淋也要融化了……」

「啊哈哈。」姬藍開懷大笑。

「有必要這麼驚慌嗎？你這樣簡直就像是哪來的國中生。」

「不用妳管……」

「女生之間經常像這樣分享自己的食物，你們男生不會這麼做嗎？」

「當然不會。」

雖然我嘴上這麼說，但實際情況又是怎樣呢？想想我自從上高中以後，就不曾跟男性朋友出門玩，所以也不是很清楚。

等我們都吃完冰淇淋後，姬藍突然脫口說出這麼一段話。

「我只是基於工作關係才比較習慣，假如是面對討厭的人，我才不會穿泳衣給對方看，更別提餵對方吃冰淇淋了。」

「所以……謝謝妳對我的青睞？」

我聽不太懂姬藍想表達的意思，於是姑且先向她道謝。

姬藍似乎已完成來這裡的目標，我們便離開大樓在路上閒晃，一段時間後忽然有一滴水珠落在我頭上。

我抬頭一看，才發現天空曾幾何時已是烏雲密布，雨水化成一條條的細線不停落下。

「下雨了——」

看著降下的雨水，當我正準備提議前往車站之際，卻見雨勢越來越大。

「先找個地方避雨吧。」

「……說得也是。」

就在這時，忽然閃過一陣白色強光，並隨即傳來轟然巨響。

「呀!?」

這陣雷好像就落在附近。我被嚇得不禁縮起脖子。姬藍看起來相當害怕，不知不覺間已整個人靠在我的身上。

「對不起……我對打雷特別沒轍。」

「妳這點還真是從以前就沒變耶。」

「我、我們快走吧。」

我本想反問要去哪裡，不過附近能避雨的地方就只有一處。姬藍隨即指向前方的KTV。

在我猶豫的期間，雨勢有增無減，眼下已沒時間讓我思考其他備案了。

「嗯，走吧。」

我帶著依偎在我身上不願分開的姬藍快步趕路，立刻衝進那間ＫＴＶ。

完成登記之後，店員領著我們前往包廂。也不知是因為已經客滿，還是看我們只有兩人，我們被帶進一間小包廂裡。

在昏暗的房間裡，唯獨電視螢幕提供著耀眼的亮光。

「在這裡就聽不見雷聲了，真佩服自己做出這麼好的判斷呢。」

當起老王在那邊賣瓜的姬藍，從包包裡取出一條毛巾開始擦拭自己的頭髮跟衣服。

「這條給你，諒。」

姬藍取出另一條手帕遞給我，我回應一句「很快就乾了」婉拒她的好意。

她準備得真周到耶，無論是手帕或毛巾都一應俱全。

「既然都走進ＫＴＶ裡了，就順便來唱歌吧。」

「可是我不太會唱歌耶。」

「那就來練習吧，這算是個好機會呢。」

「練習？」

「沒錯，唱歌就跟運動一樣，不經過練習是無法進步的。」

以上是姬藍的說詞。

畢竟她當過偶像歌手，感覺莫名有說服力。

當我正在操縱伴唱機的遙控器時，將手放在我大腿上的姬藍隨即靠過來，低頭看著遙控器上的螢幕。

「難度不高的歌曲有——」

姬藍伸手點選觸控螢幕，接連推薦好幾首我也聽過的歌曲。等我唱完其中一首後，她一臉意外地眨了眨眼睛，並且稱讚我說：「你明明就唱得還不錯呀。」

「這次就換你來幫我點歌。你想選什麼都行，儘管放馬過來。」

不愧是姬藍，她的臉上寫滿了自信。

問題是就算她這麼對我說……

傷透腦筋不停搜尋歌曲的我忽然靈機一動，迅速輸入某個關鍵字。

啊……有了。

『瞬間／櫻色時光』。

「就這首吧。」

當我按下傳送鍵時，遙控器隨之發出「嗶嗶嗶」的電子音效。

「咦。」

「是妳自己說什麼歌都可以呀。」我對著望向電視看清楚歌曲名稱的姬藍露出賊笑。

「我……我知道了。既然是唱這首歌，我就必須全力以赴，而且還會搭配舞蹈動作。」

看她似乎做好覺悟了。

「舞蹈的話是可以不用啦。」

「諒，你對於偶像時期的我是一無所知吧？這應該是你最後一次看我表演的機會，所以請務必要看仔細喔。」

姬藍宛如準備上場比賽的田徑選手那樣深深呼出一口氣，摘下平光眼鏡放在桌上。

「進入副歌時，你記得配合我的提醒發出『嘿』的叫聲。」

「咦？啥？」

「既然你選了這首歌，就麻煩你也要出一份力。」

我似乎不小心激起姬藍的鬥志了。

她的眼神認真到近乎殺氣騰騰。

姬藍將礙事的桌子推至旁邊，清出一塊能供人活動的空間。音響一傳出前奏，她就踏起舞步開始手舞足蹈。

雖然我從沒聽過這首歌，不過這是一首節奏輕快且充滿律動感，聽了會讓人心情愉悅的歌曲。

姬藍的唱功自然是非常出色。

途中與我對上眼神時，她一度露出略顯害羞的靦腆笑容，但還是繼續載歌載舞。歌手在現場演唱時大概都是這樣吧。期間會不時對臺下聽眾展露笑容或拋媚眼，然後繼續專注在歌曲和舞蹈上。

老實說我對偶像歌手不太感興趣，更是從未觀賞過現場演唱會，現在卻能切身感受到粉絲將臺上歌手視為特別存在的那種心情。

看著眼前這位嗓音優美且舞姿動人的『藍華』，我能理解篠原為何會成為她的粉絲了。

當我隨著姬藍的提醒發出「啊、嘿！」的叫聲後，她以手勢催促我繼續喊。在重複幾次之後，我好歹已經掌握到發出叫聲的時機了。

「嘿!!」

「不是這時喊啦！」

突然被姬藍這麼一吐槽，我能感受到自己的雙頰開始發燙。

輕笑一聲的姬藍唱完整首歌後，露出莫名滿足的表情調整著呼吸。

「我還是第一次在一個人的面前表演得這麼認真呢。」

「妳看起來很帥氣喔，而且非常可愛。」

「咦——？」

至此我才首度明白，為何有人會想去看現場演唱會了。

我滿意地點了點頭，只見姬藍徹底慌了手腳。

「那個，咦……如、如、如果有正式服裝的話，我可以表演得更精采……這個……請、請不要突然這樣讚美我啦！」

姬藍揮著粉拳不停捶我。

我明明是出言讚美，為何反而換來這樣的叮嚀啊？

5 提拔與遺忘的東西

◆伏見姬奈◆

我洗好澡回房間後，手機收到小諒傳來的拍攝行程表。

「唔……!?海邊？」

印象中好像有這樣的場景。我隨即翻開從小靜那裡收到的劇本。果然沒錯，其中一幕場景必須在海邊拍攝。

基於設定和臺詞的關係，其他場景的拍攝地點未必非得在海邊不可，搞不好單純是小靜她想去海邊而已。

看著那草率卻又有掌握到要點的行程表，感覺上很有小諒的風格。

「看這樣子，小諒確實有盡到責任呢～」

我躺到床上後，因為開心而踢了踢雙腿。

要和大家一起去海邊耶～真叫人期待呢。

光是在腦中想像，總覺得這三天的心情都會很好。

嗯？海邊……？

「啊……到時候……需要穿泳衣……我怎麼能穿國中時期的泳衣……！說什麼都不行……！」

直覺如此提醒著我。

說起我手邊的泳衣，就只有國中時發的學校泳衣——

就是以深藍色為底，胸口還繡有名牌的那種。

我立刻確認自己的錢包，發現它呈現乾癟的瀕死狀態。啊～都是因為之前買了小說以及喜歡的電影藍光片！

「爸、爸爸～！」

我迅速跑向一樓，使出渾身解數撒嬌請求之後，終於順利借到五千元。

「國中的學校泳衣呢？妳應該還穿得下吧？」雖然早就料到會換來這樣的回應，但為了說服這位對女孩子一無所知的中年人，簡直快折騰死我了。

儘管未能徹底說服爸爸，不過我還是拿到五千元。

「不知道夠不夠……」

我在網路上搜尋了一下，發現不少價格落於預算內的泳衣都很可愛。

於是我馬上傳訊息給小諒……但又停下了手中的操作。

「小諒他肯定認為我會穿國中的泳衣去，就趁這個機會給他一個驚喜。」

我把『我想要買泳衣，希望你陪我一起去～！』的訊息內容全部刪掉。

此時恰好收到小靜傳來的訊息。

『既然會去海邊，需要帶泳衣嗎？』

『當然要帶！』

看這情況，難道小靜也是手邊只有國中泳衣而心急如焚的那種人嗎？

要是這樣的話，我們就是同志了。

『要不要一起去？因為我從來沒自己買過泳衣，老實說有點不安。』

確定小靜是想邀我去逛街之後，我隨即一口答應。

『好呀！就一起去吧！』

『高森同學的妹妹也會來。』

小茉菜？我不解地歪著頭，只是也沒理由拒絕，所以就同意了。

我們三人建立聊天群組後，就開始約時間。

由於大家這個時間都剛好有空，因此訂在明天中午。

之後我也有邀請小藍，卻換來『沒關係，我已經買了』這樣的內容遭到拒絕。

我和小茉菜是約在離家最近的車站。當我抵達約定地點時，發現小茉菜已經先到了。

「咦，不會吧。」

小茉菜像是感到十分頭疼般，一臉痛苦地閉上眼睛。

「即使我已經習慣了，但無論看幾次還是覺得很震撼。」

「什麼意思？」

「幸好我有多帶一套衣服，妳找間廁所換上它吧。」

小茉菜把手中的紙袋塞給我。

「小姬奈，妳這身打扮沒辦法去濱谷車站喔。」

說起濱谷車站，若想前往這附近最繁華的鬧區就得在該站下車。這裡的國高中生要購物或約會時，大多都會跑去那裡。

「我穿得很怪嗎？」

我歪著頭發問，只見小茉菜露出既哀傷又無奈的複雜表情。

「很怪。」

唔咕……

總覺得內心被刺了一刀。

「而且是非常怪。」

甚至又再補了一刀。

「快去換吧，要不然會太晚抵達與靜靜約好的會合地點。」小茉菜如此催促我。

也不必說得那麼直接嘛……我忿忿不平地在廁所裡低聲抱怨，同時脫下原本穿的衣服，然後換上小茉菜裝在紙袋裡的服裝。

小茉菜帶來的是一套迷你連身裙，腹部的位置有個大蝴蝶結。

她還多準備了一雙適合與迷你連身裙搭配的涼鞋，我穿好後便走出廁所。

「這樣果然好看多了！我真是個天才呢。」

「可是小茉菜呀，這樣內褲不會被人看見嗎……？裙襬有點太短了吧？」

「因為這套連身裙的賣點就是既性感又可愛，所以安啦安啦。」

性感……

也對，我已經升上高二，到了適合穿這類服裝的年紀。

這讓我稍微有點自信。

由於多花了一些時間換衣服，因此我們遲到五分鐘左右才抵達和小靜相約碰面的濱谷車站。

「抱歉～讓妳久等了。」

「咦，大姊大也在耶！」

真的耶，是篠原同學。

小靜和篠原同學揮著手向我們開口打招呼，我們也立刻揮手回應。

「她說也想一起去，我覺得無所謂就帶她來了。」

小靜如此解釋。

有篠原同學的陪同，總覺得心情更加踏實。儘管我也說不上來，不過一如小茉菜稱呼她為大姊大那樣，她彷彿能為人提供精神上的支持。

這感覺挺令人開心的，我們四人很像是好閨密。

我們簡單打完招呼後就馬上出發。至於我們來到的這棟商業大樓，是之前曾跟小諒一起來過的地方。

「此處的二樓有一間物美價廉的服飾店——」

我們搭乘手扶梯向上走，很快就來到目的地。

畢竟是小茉菜推薦的，我原以為是辣妹取向的服飾店，一走進去才發現有不少氣質風和休閒風的服裝（當然也有展示著辣妹風的衣物）。

大家立刻開始挑選泳衣，「小靜，這套如何？」我抓著衣架拿到自己的身前比對。

「呵呵，太花俏了。」

「咦？會嗎？」

「老實說，我覺得小姬奈妳最適合穿的就是學校泳衣……」

小茉菜，妳這麼說很不對喔，我就是不想穿學校泳衣才來買泳衣呀。

「感覺伏見同學妳比較適合穿連身式的泳衣喔。」

「連身式嗎～？看起來會不會很孩子氣呢？」

小茉菜翻找一下之後，拿出其中一套展示在我的面前。

「這套的話就不會很孩子氣了。」

「喔～～喔～喔～」

「姬奈，妳這聲音聽起來好像哪來的消防車。」

這套會小露肩膀，背部也整個露出來，不過正面看起來是有著花朵圖案的一般連身泳衣。

「這件好像還能穿出去逛街耶！」

我脫口說出感想後，另外三人隨即望向我。

「——不行喔，小姬奈，這可是泳衣。」

「咦，那個……我只是說笑的。」

我嚇得連忙解釋，三人聽完後才終於放心似地嘆了一口氣。

在這之後，她們不斷向我提供意見，比起自己反而先幫我挑選。

大家還真是溫柔呢。

當我跟篠原同學針對泳衣的造型討論時，小靜則是和小茉菜在商量事情。

「高森小妹。」

「什麼事～？靜靜。」

「妳要不要來擔任服裝師兼髮型設計師？」

「嗯？」

「之前有跟妳提過我們要拍電影吧？我覺得妳有能力勝任。」

「可以嗎？畢竟我不是你們班上的人喔。」

小茉菜似乎注意到我和篠原同學也有聽見她們的對話，於是指著自己的同時向我們徵求意見。

「我覺得這是個好主意！」

我豎起大拇指。

「想想小諒沒有安排人負責這項工作，而我也沒想到這點，原本覺得到時只要設法讓服裝跟髮型有符合拍攝的場景就好。」

現在仔細想想，片尾的製作人員名單都一定會提到髮型設計師與服裝師，可說是不可或缺的職位。

「妳就答應吧，高森小妹。看妳幫伏見同學挑選的衣服也很不錯，我相信妳沒問題的。」

篠原同學一邊挑選泳衣，一邊如此說著。

「既然大姊大都這麼說了～那我就答應囉～」

「對了，之前已經提醒過妳好幾次，別再叫我大姊大了。」

「嘻嘻嘻，抱歉抱歉，妳別生氣嘛。」小茉菜笑著開口道歉。

「我先跟葛格確認一下，他同意的話就這麼辦。」

基於眾人的推薦，小茉菜答應幫忙負責設計服裝和髮型。儘管還得徵求小諒的意見，但我相信他沒理由否決這件事。

「畢竟某人特別需要這方面的照應，想想我算是挺適合的人選。」

小茉菜，妳說這句話時為何要看著我？

接著話題又重新回到泳衣上，我聽了一下小茉菜的建議，然後又向店員請教意見，經過一陣煩惱之後，最終決定買連身式的泳衣。

其實我比較想挑選比基尼式泳衣，偏偏小茉菜與店員總會不著邊際地轉移我的注意力。

「小靜妳買了什麼樣的泳衣呢？」

在準備回家的途中，我開口詢問來到身邊的小靜。

「我是買……那個，滿普通的款式。」

「是怎樣的造型呢？」

「這、這個……反正我到時會多穿一件罩衫，妳別在意。」

小靜顯得十分害羞，這模樣真可愛。

「姬奈，我覺得妳接受高森小妹以及店員的建議，是非常明智的選擇。」

「是嗎？此話怎說？」

「因為姬奈妳的胸部很小。」

「不算小吧？」

「一旦比基尼不小心歪了或被水沖走，可是會出大事的。胸部太小的妳沒東西能撐住比基尼。」

「明明就有！而且到時我也會塞東西呀！」

「這可不像補牙那樣填平就行。」

對於這段吐槽，我忍不住笑出聲來。

「這是什麼比喻嘛。」

呵呵呵，真是太好笑了。

小靜也跟著笑了起來。

「其實我很想和朋友一起去海邊。」

「嗯，我也是。妳是因為這樣才安排海邊的場景嗎？」

「倒也不是……卻又不能完全否認。像妳應該就跟高森同學一起去過海邊吧？」

「那也是很久以前的事情了，久到不行喔～」

不知小諒是否還記得當年的事情？

來到濱谷車站與篠原同學以及小靜道別之後，我和小茉菜也搭車回到離家最近的車站。

因為身上這套衣服必須還給小茉菜，所以我先來到高森家。

「我回來了～葛格～！」小茉菜一走進家門，就以二樓都能聽見的洪亮嗓音如此大喊。

「啊～聽到了聽到了，歡迎回來。另外我說過很多次，別用那種方式叫我……」

伴隨一陣拖鞋踏向地板的腳步聲，小諒一臉無奈地沿著樓梯走下來。

「哈囉，小諒。」

「妳也在啊，伏見。」

「因為我得將身上這套衣服還給小茉菜。」

「啊～……」小諒像是聽明白什麼似地含糊回應。

「期末重考準備得還順利嗎？」

「託妳的福還算順利。反正題目是從期末考直接照搬過來，大不了就是把答案硬背下來。」

「死背對數學這門科目是一點意義都沒有喔～」

「無妨，我只求避免參加暑期輔導罷了。」

「妳們慢聊～」小諒隨即朝向客廳走去。

於是我不再客氣走進屋內，隨著小茉菜前往她位於二樓的臥室。

當我一脫下連身裙，立刻聽見小茉菜發出驚呼說：「什麼情況!?」

「妳這句話是指？」

「妳裡面怎麼穿著剛買的那件泳衣？」

「因為……我總覺得小茉菜妳這套衣服很容易走光嘛。」

「所以換成泳衣就不覺得害臊了？」

「嗯。」

這讓我忘了裙襬比平常短，有時甚至沒做足避免走光的防護措施。

「喲～就讓人家看一下嘛☆」

「不要！」

小茉菜似乎早就料到我的反應，笑得花枝亂顫。

我原本穿的衣服都裝在紙袋裡，當我依序從中取出來後——

「咦？」

「怎麼了嗎？小姬奈。」

「……我找不到內衣褲。」

此話一出，小茉菜隨即雙眼發亮。

「難不成妳今天……內衣褲全沒穿就出門了？」

「這怎麼可能嘛！」

「小姬奈，難不成妳是校外旅行時會不小心將內褲忘在浴室等地方的那種人？」

「啊！經妳這麼一提!!」

「那就肯定是忘在服飾店裡了！」

我用雙手掩住自己那肯定已經紅通通的臉，縮起身子蹲在地上。

丟、丟死人了……！我絕對是忘在服飾店裡……

「討厭～～～～都是小茉菜妳讓我穿這種容易走光的連身裙啦～～～～」

「咦～怪我囉？明明是小姬奈妳又犯了老毛病呀～！」

天底下居然有人沒穿內衣褲就跑回家去，店員發現後絕對會嚇呆的。

「如、如果店員以為我偷、偷了泳衣的話，這這、這該如何是好啊啊啊啊!?」

「妳是何時拿去結帳的……？直接穿在身上去結帳嗎？」

「其實是在我結完帳以後，看大家都還沒好，就趁機借用一下試衣間……」

「喂～妳們在大呼小叫什麼啊～？」門外傳來小諒的關切。

「啊，葛格，你聽我說！」

「暫停！小茉菜！」

我目前還穿著泳衣，要是現在開門的話——

小茉菜已一把將房門打開。

「妳們從剛剛就在吵些什——」

當我與小諒對上眼神時，能感受到自己的臉頰迅速染上紅暈。

「笨蛋——這種時候妳就別開門啦！」

小諒連忙將目光移開，並且重新把門關上。

本想到了海邊才展示給小諒看的這套泳衣……當初是想給他一個驚喜……現在卻被他看見了……

「嗚嗚嗚嗚嗚嗚……怎麼會變成這樣嘛～……」

「反正妳有穿泳衣呀！沒被人看光光啦！」

「問題不在這裡啦～……」

我抱住兩腿坐在地上暗自神傷之際，於心不忍的小茉菜便代替我聯絡店家。

「店家說有發現疑似是顧客忘記帶走的內衣與內褲。」

「雖然一般來說是不會有人把內衣褲忘在店裡啦。」補上這句話的小茉菜稍稍揚起嘴角。她肯定是在偷笑。

「妳有說我們不是小偷嗎？」

「沒有，反正記得帶發票去就沒問題了。」

這是要我拿什麼臉去店裡嘛……現在的我只覺得既羞愧又丟臉，真想一頭撞死……

「小姬奈，有個偉人曾說過這句話。」

「嗯？」

「別在意。」

「嗯，謝謝妳的安慰…………」

「死、死氣沉沉的眼神……我從沒看過小姬奈妳露出這種表情。」

於是我再次借用小茉菜的連身裙，裡頭則繼續穿著剛買的泳衣前往服飾店。

我已記不清自己向店員道歉多少遍，不過對方一直露出親切的笑容回我說：「只要失物能物歸原主就好。」

……店員絕對認為我是沒穿內衣褲就跑出店去……當然這也完全符合事實啦。

暫時阻絕所有情緒的我，忍不住在腦中閃過上述想法。

⑥ 開拍

當我輕輕鬆鬆地通過期末重考，確定自己可以順利放暑假時，距離結業式只剩下兩天。

茉菜毛遂自薦想擔任此次拍片的服裝師兼髮型設計師，我一聽就立刻同意了。

不過這丫頭已是應屆考生，這麼做不要緊嗎？但想想她可是茉菜，從沒聽說過她有哪次考試不及格，所以應該沒問題才對。

當我在鳥越給的劇本裡繪製分鏡草圖之際，忽然有人拉開我前方座位的椅子，並將手放在我的桌子上托起下巴。

我往上瞄了一眼，來者正是出口這小子。

「有事嗎？」

「我說阿高啊，你別這麼冷漠嘛～」

他是我在校外旅行時混熟的同班同學，也算是我在班上唯一能稱為朋友的男同學。

「有什麼我能幫上忙的地方嗎？」

「出口你……記得是肩負跑龍套角色的重責大任吧。」

「既然你都說是跑龍套角色了，哪裡算得上是重責大任啊。」

出口反應很快地針對矛盾之處開口吐槽。

關於他飾演的角色，就是出現於教室裡的同學L。當然這裡使用的英文代號是從A依序往下排。

「我想說的不是這個，而是拍攝電影應該很辛苦吧？」

「辛苦……畢竟還沒正式開拍，老實說我也……」

不太確定──在我把話說完之前，出口用拇指抵著自己的胸口。

「你我可是好哥們喔，有啥需要儘管說。」

我害臊地在臉上擠出笑容，然後繼續完成手邊的工作。

「出口，你說這種話都不覺得害羞嗎？」

「閉嘴。」

出口稍微輕咳一聲，神情認真地看著我。

「總之，先不說這些客套話。」

原來是客套話啊。

「我也想為拍攝電影出一份力，要我負責搬東西或其他雜務都可以。」

「你像這樣自找麻煩有啥開心的？」

「因為你太狡猾了，所有好康全被你一人獨占。也不想想你能和本校兩大校花共度一段快樂的暑假。」

看來這才是他的心底話。

這裡所指的兩大校花，就是伏見與姬藍吧。

想想目前主要的成員，除了我以外都是女孩子。雖說青梅竹馬跟自家老妹就占了一半的名額，根本沒什麼好介意的，但至少應該再多加一名男生，這樣也能讓我自在點吧。

「既然如此，你要來擔任我的擴音器嗎？」

「擴音器？」

「就是開拍前替我倒數三、二、一，或是幫忙喊卡跟ＯＫ等等。」

「喂喂，那不是導演的主要工作嗎!?」

「聽你在鬼扯。」

你把導演當成什麼了？

「這種事由我自己負責是沒問題，不過你的嗓門很大對吧？所以想說滿適合你的。」

「好啊好啊，我來我來！」

出口興奮得把臉湊到我的面前，於是我一掌擋住他的臉，並且把他往後推。

「我聽到了我聽到了。之後我會把基本行程表發送給你。」

「喔給！」

他應該是想說『ＯＫ』吧。

自校外旅行之後，我與出口就沒什麼交集，導致我們不太有機會聊天，希望能藉由這次機會再玩在一起。

在生活還算安穩的這兩天裡，我都在翻閱漫畫或欣賞電影，設法建構出每一幕場景的畫面。

另外不時會把構圖的靈感寫進劇本裡。方式類似於——這一幕可以借鏡某部作品。當然硬要說我抄襲也無從否認，畢竟我還在學習中，希望大家對此可以睜一隻眼閉一隻眼。

這天到中午就放學了，從明天起便開始放暑假。

踏上歸途走進涼爽的車廂內，伏見立刻翻開劇本的第一頁。

能看見伏見在劇本各處都有添加註解。明明劇本是上週才發給大家，就已經快被她翻爛了。

她似乎也經常找人商量演技，比如說這一幕該怎麼詮釋，那一幕該如何表演等等。

「明天起就要正式開拍了。」

「明明都放暑假了，居然還得去學校。」

「雖然令人不安，卻又感到很興奮。」

我也是相同的感受。

拜姬藍所賜借來的各種器材，我已掌握好大部分的使用方法，只要拍攝時沒有出狀況的話，應該都沒問題。

「姬奈，從今天下午開始可以嗎？」

跟我們一起回家的姬藍向伏見確認。

「嗯，當然囉，我才要請妳多多指教。」

「咦，妳們在說什麼？」

我提出疑問後，姬藍直截了當地回說：

「這件事你不需要知道。」

「小藍提議一起排練，透過對臺詞來練習。」

伏見隨即揭穿答案。

「這種事不必告訴他吧……」

「又沒關係，就讓小諒知道小藍妳也很努力呀。」

照此情形看來……姬藍是那種明明跟人說自己考試前都沒有唸書，私底下其實是非常用功的人囉？

「我們已經排練過好幾次了。」

「這樣啊。」

這叫人有些意外，於是我不自覺地望向姬藍，發現她好像因為祕密被人揭穿而生起悶氣，臭著臉默默地撇過頭去。

畢竟姬藍總是顯得很有自信，我還以為她對任何考驗是抱持順其自然的態度，原來她在事前都有先充分練習。

「妳很棒喔。」

「不必那樣勉強誇我，反正我就是這麼菜啦。」

姬藍反而鬧起彆扭了。

「虧我還想說給你一個驚喜……」姬藍壓低音量地自言自語。

想想兩人之前賭上女主角位子的演技對決時，最終是姬藍以慘敗收場……令她的自尊受到不小傷害吧。

不光是提議拍攝電影的伏見，包含鳥越和姬藍在內，能感受到大家都全力以赴想做好自己能力範圍內的事情。當然我對此次拍攝也並非抱著姑且一試的心情，但現在是變得更有幹勁了。

儘管在決定拍電影之後已過了滿長一段時間，不過現在終於迎來開拍首日。

旅行用包包裡裝滿各種化妝道具，滾輪不停發出吵雜聲響的行李箱則是塞滿大量到令我傻眼的衣服。至於這些衣服，全都是茉菜珍藏的便服。根據茉菜的說法，假如將居家服比喻成二軍，今天帶來的衣服就是擔任主力的先發成員。

「有必要帶這麼多嗎？」

「因為若是臨時有需要又得跑回家拿，這樣反而更麻煩呀。」

我與妹妹再加上兩位青梅竹馬，一行四人朝著拍攝地點學校前進。

我、伏見以及姬藍都是穿著制服，因此一身便服的茉菜顯得特別突兀。

其實我昨天就已對茉菜解釋過預計要拍攝的各個場景，根本不需要帶那麼多衣服來。畢竟今天要拍的場景都在校內，從頭到尾就只會穿制服而已。

我們離開車站行走一段距離後，學校校舍便映入眼簾。

呵呵呵——茉菜按捺不住喜悅地笑出聲來。

「那就是葛格和小姬奈妳們就讀的學校吧～真叫人期待呢。」

「茉菜妳對高中入學考試有何安排嗎？已經決定報考哪所高中嗎？」

面對姬藍的關切，茉菜搖頭以對。

「沒有耶，完全還沒決定。」

「妳就來唸我們的學校呀，小茉菜。」

對於伏見的邀請，茉菜曖昧地回了一句「該怎麼辦才好呢～」。或許她其實已經看上哪間高中了。

我們踏進學校後，領著不斷東張西望的茉菜走向教室。

距離集合時間還有十分鐘。

參加今日拍攝的人不知是否都到了。

往教室內一看，我發現大家都已經到齊，有十幾名同學在裡面，鳥越和出口也位於其中。

今天要拍的教室場景，就只是需要有人經過走廊，以及飾演朋友的配角們。若是上課中的場景，除了我以外的全班同學還有小若都得參加拍攝。

「大家早～」伏見臉上掛著一如往常的笑容走進教室，「大家早安」，姬藍緊跟在伏見之後向所有人打招呼。

在換來一陣參差不齊的回應後，輪到我與茉菜走進教室時，同學們開始騷動。

「是辣妹。」

「她是哪所高中的女生？」

「好可愛……」

畢竟茉菜是臨時找來的幫手，我便代為向其他同學介紹。

「這位是我的妹妹茉菜，我拜託她來擔任髮型設計師兼服裝師。」

茉菜一臉緊張地彎腰鞠躬。

「啊，請、請大家……多多指教……」

妳剛踏入校內的那股氣勢是跑哪去了？

在我再次向眾人解釋場景要如何拍攝的這段期間，茉菜前往另一間教室幫伏見和姬藍上妝。

由於兩人對化妝都沒有太多研究，因此比起讓她們自己上妝，倒不如交給茉菜這樣的化妝老手幫忙監修還比較穩妥。

我在解說的同時，也有觀察鳥越的反應來確認自己是否有講錯，當說明告一段落後，出口立刻舉起一隻手。

「導演～」

「什麼事？」

「希望讓同學L也有出場的機會。」

「今天沒有跑龍套L的戲分。劇本上也沒提到吧。」

「別特地改口說成跑龍套咩。」

其實出口是希望可以跟伏見或姬藍對戲，但若是不斷迎合同學們的要求，到頭來將會沒完沒了……

在我煩惱該如何回應之際，鳥越直截了當地開口說：

「這樣會拖慢拍攝進度，請跑龍套L別再說話。」

就這麼以強硬的態度堵回去。

「我們也是構思很久才終於完成劇本……那個……抱歉喔。」

「ＯＫＯＫ。」出口並沒有放在心上地擺了擺手。

「反倒是我才該道謝，讓我能一口氣感受到鳥越女士的傲與嬌。」

出口，你這小子還真樂觀耶。

事實上面對那樣的提案，必須由我出面拒絕才對，結果卻害鳥越扮了黑臉。謝啦，鳥越。

如果換成其他人，也許會心生不滿。畢竟我才是導演，得設法避免讓鳥越成為眾矢之的。

「在這之後或許也會有人提出『這麼做比較好吧？』的意見，但希望大家知道最終未必會被採納。」

雖然慢了一拍，我也開口提醒眾人。

大概是為了確認兩位女主角的狀況，出口起身走出教室，立刻就從走廊傳來讚嘆聲。

「喔～～～～妳真是太厲害了，茉菜大師。」

「對吧～！你可以再多誇點喔。」

教室裡的其他人在聽見這段對話後，紛紛對茉菜的化妝成果產生好奇，教室的門這時被推開。

「飾演女主角『柴原廣乃』的伏見同學正式進場～」

出口以類似攝影助理的語氣宣布完後，伏見便走了進來。

「請大家多多指教！」

大概是伏見平常都沒有化妝，要不然就是只化了讓人幾乎看不出來的淡妝，今日多虧茉菜仔細地幫她上妝，總覺得她的眼睛……好像有變大。

可能是基於這個原因，伏見的雙眼也變得更炯炯有神。

不過她的臉上也寫滿了幹勁二字。

「接下來進場的是飾演『秋山繪梨』的姬嶋同學。」

「請各位多多指教～」

姬藍瀟灑地走進教室。她同樣也經過茉菜的巧手改造，姿色出眾到彷彿能看見從她身上散發出來的光芒？還是應該稱之為氣場？

姬藍則是表現得相當自然。或許是因為她比我們習慣這類拍攝工作吧。

另外，茉菜似乎有掌握好兩位女主角的氣質……大概吧。也可能是瞎貓遇上死耗子，總之她化的妝都有符合該角色的形象。

真的讓人覺得『柴原廣乃』跟『秋山繪梨』就站在這裡。

沒、沒想到茉菜竟然這麼優秀。

之後再找機會稱讚她吧。

在我再度向兩人解說第一幕的拍攝流程時，突然注意到一件事。

自從這兩人出場之後，教室內似乎……瀰漫著一股緊張感……

原因……我想就是出在女主角身上。她彷彿哪來的戰鬥民族，散發出由幹勁或氣魄所凝聚而成的氣勢。

畢竟是她提議要拍攝電影，再加上她又是我們之中最精通演技的人。

可以從她臉上感受到身為臺柱的責任感。

「一開始的時候ＮＧ幾次都沒關係，大家放輕鬆演就好。我也是第一次幫人攝影……所以失誤也ＯＫ喔。」

我對大家說完後，伏見點頭回應。

「嗯！說得沒錯……！」

收斂一下妳身上的殺氣啦。瞧妳這殺氣騰騰的眼神，是準備去砍人嗎？

姬藍忽然笑出聲來。

「我說姬奈呀，難不成妳是第一次拍片嗎？」

「所以呢？」

「我就在這裡送妳一句話。」

姬藍維持著臉上的笑意，一手搭在伏見的肩膀上說：

「『放輕鬆點吧，外行人』。」

拜託妳別在這種時候火上添油。

「姬藍，麻煩妳別再說那種會製造混亂的發言。」

「是～～」

對了，這兩人不管做什麼就是喜歡針鋒相對。

她們所飾演的角色也差不多，若說我們是否有根據每個人的性格來分配角色，答案或許能算是肯定的。

看這情況恐怕是前途多難，應該無法如同當初規劃的那樣順利拍攝……

拍攝結束後，我發現完成拍攝的部分根本達不到當初預計的一半。

原因之一就是伏見與姬藍總愛互相較勁，另外即使我認為拍得不錯，自我要求過高的伏見仍堅持重拍。再來就是擔任配角的同學沒唸好臺詞、出口的即興演出，或是我拍攝失誤……

基於第一天開拍的緣故，經常會發生失誤和過度力求表現導致失常的情況。

說起姬藍的演技，多虧她先找伏見排練過，比起前一次是改善許多。至少在說臺詞時，不會像是唸稿一樣毫無情感。

儘管有安排午休時間，大家還是顯得有些疲憊，再加上已經接近黃昏，導致場景銜接不起來，於是第一天的拍攝便宣告結束。

「葛格，你們這樣來得及拍完嗎～？」

當我在客廳檢查拍好的片段時，穿著圍裙的茉菜走了過來。

「應該來得及……大概吧……」

「瞧你回答得毫無把握。」

「對了，茉菜妳的化妝技巧可是得到眾人的一致好評喔。」

「這是當然的呀。」

茉菜羞澀一笑，馬上又走回廚房去。

經常能看到茉菜在仔細閱讀流行雜誌，或許她是考慮往這方面發展也說不定。

嗡嗡嗡——放在桌上的手機發出震動聲。原以為是訊息的我本想晚點再看，卻發現手機仍在震動，拿起來一看才發現是姬藍打電話給我。

「喂喂，怎麼了嗎？」

『今天辛苦你了。』

「啊～嗯，妳也是。話說拜練習所賜，妳的演技進步很多喔。」

『真的嗎!?』

「真的真的。」

『也就是說，你清楚看到我的成長囉。』

不難想像姬藍此時是一副沾沾自喜的模樣。

『先不提這個，關於之前拜託松田先生幫忙介紹打工一事有消息了。』

「咦，真的假的？」

我本以為松田先生只是在說客套話，所以對此事完全不抱希望。

『你還在找適合的打工是嗎？』

「嗯，除了沒時間找，也沒有任何具體想法。」

『那就好，松田先生希望你明天下午一點去經紀公司一趟。』

「收到。話說是怎樣的工作內容呢？」

『他只說希望你來擔任助手。』

助手？

雖然不清楚具體情況，但是對於如此得來不易的機會，我自然是不可能拒絕。

「您好，我是高森諒。」

我按照之前姬藍的應對方式，向對講機另一端的窗口小姐報上姓名。

「我是來拜訪松田先生……向貴社長請教打工事宜。」

窗口小姐似乎終於明白我的來意，回了一句『請您稍待片刻』就切斷通話。

等了大約五分鐘以後，松田先生從社長室走出來。

「小諒，讓你久等了～」
「請您多多指教。」
看來松田先生決定稱呼我為小諒。
因為最近就只有伏見這麼喊我，所以被他這麼一叫，總會給我一種很強烈的異樣感。
「聽說您是希望我來擔任助手嗎？」
「對呀～」
至於最重要的薪水，松田先生表示是一天八千元。
這價碼還真高耶。
他究竟想要我做什麼……？
松田先生似乎看出我的顧慮，便說「你隨人家來一下」招了招手要我跟上。
我尾隨松田先生進入社長室，發現角落放著一組明顯是剛搬來的小型桌椅，桌上則有一臺筆電。
松田先生打開並啟動原本闔上的筆電。
「小諒，聽說你挺擅長使用電腦對嗎？」
「就只是一般水準而已。」
「人家對電腦是一竅不通，偏偏事務員光是處理自己的工作就已分身乏術，令人家是傷透腦筋呢。」

「這樣啊……」

根據松田先生的說明，他需要有人幫忙收發業務方面的訊息以及網路郵件。

原本還有點擔心要做什麼工作，這樣的話我也能勝任。

「之前是有雇人負責這份工作，但此人在上個月離職了。人家本想說不用再找人也沒關係，結果根本沒這回事。人家因此吃了不少苦頭，訊息和郵件也積了一堆。」

松田先生像是傷透腦筋似地露出苦笑，忍不住搖了搖頭。

他聽說我在找打工之後，就想起這份職缺。

原則上就是負責確認收到的網路郵件，並將內容告知松田先生，然後依照他的意思代為撰寫郵件來回覆。

以上就是我的主要工作。

「那人家先去處理其他工作囉。」松田先生便回到自己的座位上，拿起紙筆開始書寫。

我遵照松田先生的指示，確認郵件內容並轉述給他聽，再按照他的意思撰寫並回覆郵件，以上工作就這麼重複了一段時間。

「……啊，討厭，忘了跟小諒你確認一下，你會使用商業用語寫郵件嗎？說起時下的年輕人呀～好像就只懂得跟人傳訊息對吧？」

「確實是這樣沒錯。老實說我對商業用語是一竅不通，但我會參照前一位員工留下的郵件複製、貼上，再將內容稍作修改。」

「雖然有參雜一些讓人聽不懂的咒語，不過能感覺出這應該難不倒你。」

咒語？該不會是指複製貼上吧!?

「那我寫好郵件以後，方便請您確認一下嗎？」

這封信很明顯是來自合作公司，我有盡可能避免使用不得體的措辭，但又對格式是否正確毫無把握，於是姑且完成了內容還算是有模有樣的郵件。

假如前任員工有疏漏的地方，我也會跟著錯到底。

接著我將筆電端到松田先生的面前，交給他幫忙檢查。

「嗯，嗯……討厭～你真是好能幹呢……害人家心頭小鹿亂撞。」

不要啊，您別真的心動。

我返回座位繼續工作一段時間後，終於放鬆到能夠和松田先生閒聊幾句。

「姬藍她在辭退之前，身體狀況真有那麼糟嗎？」

「對呀～人家曾找她討論過之後的打算與安排，但她當時的狀態根本無法思考這類問題。」

居然嚴重到這種地步。畢竟她在我的印象中，與病弱二字完全沾不上邊。

「小藍華當時的精神狀態相當不好……但現在已經變回人家所認識的她了。相信這一切都要歸功於小諒你喔。」

「我對此實在是一點印象都沒有。」

「感覺小藍華就是需要你這樣的對待方式。儘管她的人氣仍屬於小眾，但還是挺受歡迎的，也有人曾說讓她退團太可惜了，不過現在看來確實是明智的抉擇。」

「原來姬藍這麼有人氣啊？」

「你沒聽說嗎？」松田先生吃驚地睜大雙眼。

他隨即拉開抽屜翻找東西，取出一片看似是DVD的光碟。光碟上印有『櫻色時光現場演唱會影片』，另外還用簽字筆寫上開演的日期。

「這個送你。」

「謝謝。」我連同盒子收下這片光碟。

這裡面收錄著偶像時期的姬藍。

雖說上次去KTV時，姬藍有表演給我看，不過可能是有空窗期的關係，她在回程中說了「假如我全力發揮的話，舞技可不光只是那點程度喔」。

「也不知小藍華是受到什麼影響，她竟然說自己對演戲產生興趣了。」

「演戲？」

「像她那樣的小女孩抱有何種心思，早被人家全看透了，所以也沒問得多仔細，但能輕鬆猜出她為何會產生這種念頭。」

「是指試鏡會嗎？」

「小藍華告訴你了？」

「是的，她露出神采奕奕的表情說想要接受挑戰。」

「這樣呀，真慶幸她能恢復到可以露出那樣的表情呢。」

松田先生望向半空中，狀似沉浸在自己的回憶裡。

看來他是真的挺擔心姬藍吧。

「——一步。」

因為我沒能聽清楚整句話，於是扭頭看向松田先生，他卻露出苦笑搖搖頭說：

「人家是說為了得到某人的認同，就只能自己先跨出第一步。」

⑦ 大海與青澀的衝動

在那之後，我又去松田先生那裡幫忙過好幾次。因為我的工作並非時薪制，也不是公司的正職員工，所以每天下班時，松田先生都會直接從皮包裡掏錢支付我的薪水。

大概是基於交情的關係，薪資上有特別優待我吧。原則上我是下午一點多到公司，然後大多都會工作到晚上才下班。

拜此所賜，沒多久我就有錢買二手電腦了。

「你是想買什麼東西嗎？」

在某次收下薪水時，松田先生這麼問我。

「我想買電腦。」

「要是你不介意中古品的話，事務室裡有已經沒在用的電腦喔？如果想要可以儘管拿去。」

老實說這提案很吸引我，我卻還是婉拒了。原因是就算我對於電腦配備的規格不太有研究，不過我是為了擁有一臺自己的電腦才跑來打工。

「明明你還如此年輕，就這麼有志氣了。」

松田先生聽完之後對我表示欽佩。

至於我買回家的電腦，感覺上就像是一個難以上手的玩具。

我將逐步拍攝好的影片檔案存進去，透過一併買回來的影片編輯軟體開始剪輯影片。

音樂部分是拜託有參加樂團和練過鋼琴的同學，請對方幫忙製作四首左右的曲子。畢竟配樂是可以之後再加入影片裡，因此只要在暑假結束前能收到曲子就沒問題了。

我起先是打算使用免費的配樂素材，可是伏見對此相當排斥。她認為這會給人一種廉價感，既然班上有同學會作曲的話，她希望能請對方幫忙。

我覺得最主要的理由很可能是後者。

伏見之所以會想這麼做，就是因為她對每位同學的興趣以及特質都十分了解。

無論是臨時演員、配角、拍攝的細節輔助或音樂等各方面的工作，班上同學都有各自負責的部分。儘管距離完成還有一大段路要走，不過光是現在就幾乎是每位同學都有參與到。

「啊，你怎麼還在忙～」

當我與桌子上的電腦螢幕大眼瞪小眼時，茉菜忽然推開我房間的門。

「有事嗎？」

「葛格，明天一早就要拍片，若是你像之前那樣睡過頭會出大事喔。假如你到時敢賴床，別怪我一巴掌拍死你。」

我看了一下螢幕上的時間，原來現在已是午夜十二點多了。

「原來已經這麼晚了。」

我直到現在才終於想起明天要去海邊，所以非得早起不可。

「明明去附近的海邊拍攝就好啦。」

我本來是這麼打算，不過攝影組……主要是伏見跟鳥越大肆反對。

『難得有這種機會，就去遠一點的海邊拍吧。』

看似對這類事情並不在意的鳥越，也對伏見的意見舉雙手贊成。

我不禁在心裡質疑有必要去那麼遠的地方拍攝嗎？可是出口和茉菜也表示支持，最終只能少數服從多數。

「倒是茉菜妳這麼晚沒睡是在做什麼？」

「當然是在準備便當呀。」

便當？有需要嗎？

「海邊附近應該有超商吧？而且當地攤販也會賣吃的啊。」

「像這樣一大清早出門，葛格你到了那裡肯定會肚子餓的！」

原來她是在擔心我啊。

「我會準備方便讓人在電車上吃的東西。」

我並沒有在擔心那種事。

反倒是這丫頭難不成是想帶多層餐盒吧？

「我想說也幫其他人準備一些，結果就做太多了。」

明天的成員一共七個人，分別是我、茉菜、兩位青梅竹馬、鳥越、篠原以及出口。

到時就由篠原與出口擔任配角，並沒有安排其他臨時演員。

既然茉菜是幫這麼多人準備便當，也難怪會弄到那麼晚。

由於要拍的片段沒那麼多，若是早上開拍的話，我預計在中午以前就會結束了。

「如果不來提醒葛格你，你肯定會弄到隔天天亮，所以我是負責哄你去睡覺的。」

「那個，這就不必了。我馬上去睡覺，馬上就去睡覺了啦。」

為啥我得被自己的妹妹這麼對待啊？

當我是年紀很小的弟弟嗎？

因為茉菜直到我就寢前都不肯離開房間，於是我存檔之後便將電腦關機，乖乖躺進被窩裡。

我以睡昏頭的沙啞嗓音對茉菜抱怨說：

「喂，茉菜……我現在就跟哪來的漫畫角色一樣，臉頰上有一個掌印耶……」

「這都要怪葛格你不乖乖起床。」

我這模樣就跟想輕薄人卻嘗到苦頭的男生毫無分別，簡直是有夠丟人的。

今日早晨，茉菜誠如昨晚宣言的那樣一巴掌拍醒我。

她的確是個很照顧哥哥的好妹妹……前提是別在我的臉頰上留下掌印。

「清晨五點實在不是人類該起床的時間……」

我的大腦還清醒不到三成。在茉菜的催促下，我換好衣服去廁所刷牙時，才終於驚覺自己臉上的慘狀。

我一整天都要頂著這張臉嗎？這是哪門子的懲罰啊。

茉菜在聽完我的抱怨後，似乎多少感到有些內疚，於是說了一句「我用粉底幫你掩飾嘛」，然後用粉撲在我的臉上輕拍幾下，慢慢將掌印蓋掉。

不愧是我們團隊裡的化妝師，原本清晰可見的掌印，現在已被掩飾到不仔細看根本無法發現的程度。

這段期間，伏見和姬藍先後來到我家集合，在完成準備後就一起出門。

我們所要前往的海邊有點遠，必須轉車好幾次才能抵達目的地。

在前往車站的途中，我發現伏見與姬藍的行李都有點多。

「妳們怎麼都帶了這麼多東西？」

伏見打開幾乎能塞入一頂草帽的背包，開始展示裡面的東西。

「因為得攜帶野餐墊、海灘球、泳鏡、游泳圈——」

我說伏見小姐啊，妳是準備去玩的吧。

說起她今天的裝扮，出乎我的預料十分正常，就是T恤加短褲再配上涼鞋。嗯，真的很正常，難道伏見終於成長了……？

在我如此納悶之際，茉菜小聲告訴我說：「這身打扮是我指定的，畢竟大家都不想一大早就看見太勁爆的畫面吧。」

茉菜這丫頭真機靈呢。

「姬奈……妳連這種東西都帶來了呀。」

代替我吐槽的姬藍，感到相當傻眼似地嘆了一口氣。

「妳是不是忘了東西？」

「什麼東西？」

伏見困惑地歪過頭去。

「幫泳圈跟海灘球充氣的幫浦。」

「啊！我忘了帶——！」

雖說還是能人工吹氣，但我記得會很累人。

在伏見大驚失色之際，姬藍用手勢提醒她別慌。

「放心，我帶了。」

妳這個小妮子也是準備去玩的吧。

茉菜帶來的東西除了便當以外，還有化妝工具跟可能會用上的幾套衣服。而我則是帶著一整套的攝影器具。

「……小姬奈，妳今天應該沒有把泳衣穿在裡面吧？」

「咦？我是穿在裡面呀。」

伏見把身上的T恤一翻，隨即露出底下的泳衣。

「唉~被譽為三國第一美少女的小姬奈……居然做出如此不解風情的行徑……」

妳說的三國是哪三國啊。

「就像個小學生一樣好可愛呢。」

姬藍阿諛奉承地趁機反諷。

「又、又沒關係，因為更衣室裡很可能會有許多不認識的人，我不喜歡。」

「以妳那樣的身材，確實是不喜歡被人看見吧。」

「小藍，別逼我掀妳裙子喔。而且是當著小諒的面直接掀開。」

「妳真那麼做的話就完全是小學生了。」

這兩人從一早就開始鬥嘴。

「妳就別再刺激她了，姬藍。」

我開口勸阻挑起舌戰的姬藍。

終於抵達車站的我們搭上電車，朝著與另外三人會合的車站前進。

「因為太早起床，簡直快要了我的命。」

頭戴草帽外加墨鏡的男子如此說著，他手裡則有一顆茉菜做的飯糰，等拆開保鮮膜後就開始大快朵頤。

「我也深有同感。」

我、伏見、姬藍和茉菜四人在途中與鳥越、篠原還有出口三人會合，因為車廂裡沒什麼人，我們就找了兩組中間隔著走道的四人對坐座位坐下。

「出口，你這身打扮是？」

他的下半身是素色七分褲配上海灘涼鞋。當然我能理解他為何會這麼穿。

「那還用問，去海邊就該穿這樣啊。」

原來還有這種習俗啊。

不過墨鏡的造型就讓人有點看不下去。這情況就是所謂的適得其反吧……

身為時尚警察的茉菜也對此視而不見，當然也可能單純是不感興趣而已。

但讓出口就這樣去飾演路人會太突兀，之後再跟茉菜商量該給他換穿什麼衣服。

記得茉菜好像也有帶幾套我的衣服，而我的衣服剛好都比較樸素。

「茉菜大師今天做的料理也很美味喔。」

我完全贊同。飯糰的口味有好幾種，另外還做了好幾道適合與飯糰一同享用的配菜。

大家分著吃沒過多久，便當盒就已經空了。

「茉茉的手藝還是一樣這麼好。」

如此誇讚的鳥越和篠原、我以及出口坐在同一區，姬藍、伏見跟茉菜則坐在隔壁區。

「「茉茉？」」

我與出口異口同聲提問。

「是茉茉要我這麼稱呼她的。」

想想茉菜也稱呼鳥越為靜靜，大概是鳥越對稱呼方面已經不再那麼排斥。反觀茉菜則是對此完全不介意。

「唉……我開始有點緊張了。」

篠原臉色發青，狀似相當煩惱地發出嘆息。

「沒想到自己竟然有機會能夠和姬大人一起演戲。」

「就只有篠原妳一個人在大驚小怪，老實說不必放在心上。」

「沒為此感到大驚小怪的你才奇怪呢。」

篠原白了我一眼，並且刻意挖苦我。話說妳別忽然將矛頭指向我啦。

「妳們的對手戲就只是稍微講幾句話，所以妳真的不用那麼緊張。」

與自己曾經非常崇拜的偶像『藍華』演對手戲——並且收錄在影片裡。印象中當篠原得知自己被指定為擔任這一幕的配角時，忍不住說：「我覺得自己死而無憾了。」

「啊～真是太可恨了……倘若只有伏見同學一人就算了，偏偏你這小子也是姬大人的兒時玩伴。」

如果篠原現在正拿著一條手帕，總覺得她會懊惱到去咬手帕。

「無論要我變成怎樣都行，我只希望姬大人可以得到幸福……」

因為我跟篠原對於姬藍的關心程度落差太大，令我真的很傷腦筋。每當我說什麼，她就會立刻找碴，真是個難搞的粉絲。

我扭頭觀察隔壁座位，能看到望向窗外的伏見顯得相當興奮，然後姬藍出言勸誡伏見，茉菜則是一發現新事物就會跟她們分享，上述畫面就這麼不斷重演。

多虧茉菜擔任潤滑劑，那兩人才沒有爆發激烈口角。

「是大海耶～！大海大海！葛格，快看大海！」

「我知道，我都看到了。」

一馬當先的茉菜跑下階梯，快步奔走在沙灘上。

伏見也緊追在茉菜的後面。

我們抵達目標車站後又走了一段距離，這才終於來到海邊。

「大～～海～～～～！」

拍攝地點是交由伏見和鳥越去挑選，我完全沒有插嘴，結果竟是如此偏僻的地方。

位於大馬路邊的公共廁所側面，能看見兩臺並列在一起的老舊自動販賣機。

周圍沒看見任何超商，至於攤販區則似乎因為還沒到開放季節，整個用藍色帆布罩住了。

附近都沒有更衣室……反正更衣時別被人撞見就好……嗎？

由於目前時間還很早，四周沒有其他人。

比起人滿為患，這樣反而更適合拍攝，不過她們為何會看上這個地方？

伏見馬上開始設置陣地，她鋪好野餐墊，並用涼鞋跟背包壓住外圍，以免墊子被風吹跑。

「小藍，快把打氣的東西拿出來～！」

「好～馬上來～」

她們擺明就是來玩的。

「嗯～讚喔～……嬉戲的美少女們、大海以及太陽……」

出口拿出一面扇子替自己搧風。話說他是從哪裡掏出來的？

「阿高，你很快就會明白了。」

「明白什麼？」

「我為何要戴墨鏡過來。」

「對了，出口你先去換套衣服，乖乖穿上我那些再樸素不過的服裝。」

「咦～真的假的？虧我還想以這身造型上鏡頭的說～」

所以你才特地這樣打扮自己啊。

「你以這副裝扮入鏡太顯目了。」

出口發出「噗呼」的怪笑聲。

「他居然說入鏡耶，美南美眉。」

「竟然擺起導演的架子了。」

「因為我姑且算是這部電影的導演。」

我也有針對這方面做過功課喔。

鳥越脫下涼鞋，一腳踏在沙灘上。

「啊，真舒服……」

我跟著照做，確實如同鳥越說的那樣十分舒服。沙灘那一粒粒細沙溫柔地刺激著腳底。

伏見與姬藍立刻幫海灘球和泳圈灌氣。

「女主角！接下來先拍妳的部分！」

我剛把話說完，伏見就換上演員的表情進入狀況。

「沒錯……我是……女主角……」

儘管她露出略顯憂愁的表情，卻能隱約看出她對身旁的姬藍有一股優越感。

「妳快去拍攝吧。我會趁著這段期間做好準備。」

「啊、嗯，謝囉，小藍！」

說起本該幫女主角上妝的某位髮型設計師兼服裝師，因掀起的波浪而興奮地大叫「呀～腳都溼掉了啦～～！呀哈哈！」，正在那邊與浪花嬉戲。

慘了慘了，看她的樣子……已徹底把攝影工作拋到腦後。

「先來幹正事吧。假如再這樣玩下去，將會影響到拍攝進度。」

我拍了拍手催促大家。尤其是茉菜，假如她沒幫伏見做好準備的話，我們就無法拍攝了。

「喔～～」隨口應了一聲的茉菜，慢慢朝著野餐墊走去。

「你很有導演的架勢喔。」

站在我身旁的鳥越，望向大海靜靜地說著。

「算是吧。畢竟再不提醒的話，大家肯定都會玩瘋了。」

「我並沒有像出口同學或小美那樣打算捉弄你的意思。那個，我覺得你這樣很不錯喔。」

「……那個，謝謝誇獎。」

「我原本以為高森同學你是屬於做事比較散漫的那種人。」

伏見與茉菜四處尋找適合化妝準備的地點，最終一腳踏進沒有營業的攤販區，掀起帆布走進裡面。

「想想這附近沒有更衣室，那裡算是最合適的地點。」

「咦？」鳥越似乎沒注意到這點，於是我指著攤販區跟她解釋，然後回到原本的話題上。

「我也覺得自己的個性較為散漫，但在看見那些努力的人之後，多少還是有受到影響。」

「你是說姬奈嗎？」

「其實也包括鳥越妳。」

明明鳥越並不知道如何撰寫劇本，卻還是經常來找我商量，最終順利完成自己的工作。至於這段過程，我可是都看在眼裡。

「原來我也有對你造成影響呀。」

「是啊。」

鳥越將涼鞋提於手中，赤著腳走在沙灘上，並用另一隻手壓住被海風吹亂的頭髮，扭頭對我說：

「吶，等拍攝工作結束後也別忘了喔。」

「忘了什麼？」

「拍下屬於我們的夏天，因為恐怕不會再有下次跟現場的大家一起來海邊玩了。」

那就與在場所有人約好日後再一起來玩——這種話我是完全說不出口。

即使我是真心想和大家許下約定，但假如當真將這句話說出口——總覺得會把這段時光徹底糟蹋掉。或許鳥越也抱有相同的想法吧。

倘若鳥越提議「下次再約大家一起來玩」，我十之八九會說出「說得也是」這種俗套的答案。

縱然這樣的發言略顯消極，我卻認為這很符合鳥越的風格。

「到時就用三角架固定，高森同學你也要一起入鏡。」

「我也要入鏡？」

「至少對我來說，高森同學你也有出現在我高二的暑假裡，因此你得一起入鏡。」

我和鳥越肩並肩朝著野餐墊的方向走去。

「沒想到身為冰山美人的妳，也擁有這麼人情味的一面。」

「……你是不是在取笑我？」

「沒那回事。」

「你騙人。」

我舉起雙手擺出投降的姿勢，鳥越氣得朝我踢了一坨沙子。

海灘上到現在還是只有我們這群人，甚至讓人懷疑當地人都情願去游泳池而不肯來這裡玩。

有可能是正值上午，但這裡確實人煙稀少到相當罕見。

想想理當處於生意旺季的攤販區都沒有營業。

在伏見做好拍攝準備後，我們就開始攝影。

我注視著出現在鏡頭裡的『柴原廣乃』。

興許是很有幹勁的關係，伏見表現出來的演技從沒讓我失望過。

「很好。」

語畢，我便停止錄影。

「導演說ＯＫ囉，伏見同學。」

擔任擴音器的出口大聲通知伏見。

伏見隨即恢復成以往的表情。

「我可以確認一下嗎？」

「沒必要啦，已經ＯＫ了。」

「我就是想看嘛。」

自從電影開拍之後，伏見就一直幹勁十足，雖然這是件好事，但其實也瀰漫著一股其他人對此感到吃不消的氛圍。

「堅持做好一件事是值得讚許，不過妳這樣就只是自我滿足吧？」

關於這一幕的場景，算上之前這是我第三次宣布ＯＫ卻慘遭打槍的情況。

「唔～這感覺不對啦。」

明明我、姬藍以及鳥越都沒說什麼，卻因為這位青梅竹馬認為自己演得不夠到位，於是不斷重拍。

這段場景的長度約莫十秒左右，我、出口、鳥越與伏見一起檢查我覺得ＯＫ的第一段、第二段以及第三段影片。

「出口，你有看出這三段的差異嗎？」

我向出口徵求意見，只見他瞄了一眼伏見，裝出一副內行人的嘴臉說：

「等你達到我這種水準時就會看出來了。」

這小子竟然看在伏見的面子上決定見風轉舵。

「看吧～」伏見擺出果然有人懂我的表情沾沾自喜。

不過出口明顯是想趁機討好伏見來換取好印象……

「高森同學對於這幕已三度宣布ＯＫ了。」

鳥越為了確認便提問說：

「姬奈，妳覺得有哪些部分是明確需要改進的？」

「有啊，比方說目光的移動以及嘴角的角度。」

「問題是即使妳全部都演得很到位，觀眾看不出來也沒有分別吧。」

「唔。」伏見被堵得啞口無言。這句話說得一針見血，真是很有鳥越的風格。

「因為以客觀的角度來看，這些都在誤差範圍內，所以高森同學才會一直宣布ＯＫ呀。」

「那不能算在誤差範圍內。」

「這只是妳的主觀判斷。」

就在這一瞬間，彷彿能聽見類似玻璃出現裂痕的聲響。

「我們之中最了解拍攝流程的人是高森同學，姬奈妳從第一天起就太獨裁了。」

「才沒有這回事呢。」

「除此之外還有其他很重要的事情，希望妳也能花點心思在上面。」

「唔唔唔唔～」用力癟著嘴的伏見，臉色變得更加難看。

「小藍已經準備好了～！」

隨著茉菜開朗的嗓音，換好衣服的姬藍撥開帆布走了出來。

……姬藍來得正是時候，就趁現在轉移話題吧。

「這幕就晚點再拍，伏見妳先休息一下。反正還在這裡拍攝，等等再拍也沒問題。」

能看出伏見眉頭深鎖，她默默點了個頭，便轉身朝著帆布的方向走去。

鳥越輕輕地發出一聲嘆息，出口來回看了看發生口角的兩人。

「剛、剛才是我不好嗎……？都怪我隨口亂幫腔……？」

「以方才情況而言是能這麼說，但這問題其實已經存在很久，因此你不必放在心上。」

我本想以這種方式結束此話題，沒想到反而惹惱鳥越。

「姬奈她是個唯我獨尊且自我中心的小公主，你那樣寵她很容易讓她更驕縱喔。」

鳥越這次將矛頭指向我。

「我並沒有想寵她。」

「……抱歉，我似乎把太多事情牽扯在一起，想藉此找人宣洩。」

話說篠原跑哪去了？記得她是說要去買飲料吧。

「小美找我，我去去就來。」

鳥越似乎收到聯絡，看了一下手機便從現場轉身離去。

姬藍單獨一人的場景並不多，前後大約二十分鐘就拍完了。

我喝著由篠原購買，之後拜託鳥越一起搬回來的飲料，這時也正在確認影片的姬藍悄聲問我說：

「看你們的氣氛好像不太妙，是因為姬奈嗎？」

「就只是起了一點口角。」

「所以我才受不了外行人。」已掌握情況的姬藍仍不忘趁機酸人。

「畢竟攝影是團體行動，太出鋒頭的人容易被討厭，最終只會遭到排擠。」

不愧是曾經加入偶像團體上臺表演過的人，說起話來就是不一樣。

「我的演技如何呢？從開拍第一天到今天已是第六次拍攝了。」

「雖說與伏見比較起來還有點差距，但我覺得已經好很多了。」

「這樣啊，這樣啊。」

姬藍好像就是想聽見這句話，一臉滿意地點點頭。

她之所以決定參加音樂劇的試鏡會，該不會是因為這次的自製電影，於是對演戲產生了興趣吧？

「下一幕是女配角和『秋山繪梨』交談的場景。」

原本顯得泰然自若的篠原，表情就這麼僵住了。

「篠原，妳行的，別去思考會不會丟臉。妳只是配角，比起犯中二病當時不會丟臉到哪去的。」

「你夠囉！」

篠原目光如炬地瞪著我，快步踏過沙灘向我走來。

「下次敢在姬大人面前提起這件事，我就埋了你。」

夭壽咧……

說起伏見，她在自己堆好的沙丘頂端插上一根樹枝，獨自一人玩著推沙丘遊戲。

我也玩過這個遊戲。

遊戲方式是參加者依序挖掉沙丘的土，最後弄倒樹枝的人就算輸了。

不過一個人玩會有趣嗎？那是多人同樂的遊戲吧。

大概是對我發過脾氣的緣故，不再那麼緊張的篠原加入拍攝。

我們先做簡單的彩排，在沒有啟動錄影的狀態下用攝影機取景，確認好拍攝角度跟構圖之後就正式開拍。

以結果來說，儘管篠原基於還不習慣的關係顯得有些僵硬，她的表演原則上還算自然。

「小美她演得不錯喔。」

「嗯，篠原她還不賴嘛。」

在我宣布ＯＫ之後，鳥越也同意我的決定。

多虧篠原曾是中二病患者，所以對飾演角色這方面不會感到排斥吧。

由於她威脅過若是膽敢把這件事說溜嘴就會埋了我，因此我還是默默在心中讚揚她吧。

「美南美眉，我家導演說妳演得很好喔。」

擴音器出口將多餘的話也傳達出去了。

姬藍聽完也點頭同意。

「雖然我沒資格評論他人，不過美南同學妳表現得相當不錯。」

「竟、竟然能得到姬大人的讚賞……！這──這是我的榮幸……！」

就叫妳別再這麼做啊。看吧，姬藍都被妳嚇得忍不住稍稍後退。

那麼，接下來是伏見獨自演出的場景，以及與姬藍共演的場景。

不知她在休息過後，心境是否有產生變化……？

我扭頭望著野餐墊的方向，發現她與沒事做的茉菜正一起玩推沙丘遊戲，而且不停開心尖叫。

讓我不禁鬆了一口氣。

自己也應該有話就要跟人講清楚──我暗自如此下定決心後，開始替伏見拍攝。

這次要拍攝的場景是柴原廣乃和秋山繪梨互為朋友，卻發現兩人碰巧喜歡上同一個人，她們起先只是隱約猜出對方的心意，之後就逐漸轉為肯定。

可能是被鳥越的一席話所影響，伏見不再過來確認我宣布ＯＫ的攝影成果了。

「對了，劇中是廣乃先發現繪梨喜歡的對象是誰嗎？」

伏見隔著鏡頭向我們提問。

因為誰先發現並不會對劇情產生影響，所以劇本裡沒有清楚提到這件事。

「妳覺得是誰先發現的？」

我向站在一旁欣賞拍攝的鳥越徵求意見，她猶豫一陣子之後，將問題拋回去。

「姬奈妳覺得呢？」

「按照角色的個性，比起廣乃應該是繪梨先注意到。」

「姬藍，妳可以將這部分演出來嗎？」

原本坐在摺疊椅上的姬藍，瀟灑地撥了一下頭髮站起身子。

「當然沒問題，也不想想你是在跟誰說話？」

這個小妮子不久前的演技是那麼菜，真虧她能如此有自信。

場景的細節都確認完後，出口將姬藍的摺疊椅收起來。

伏見與姬藍此刻都換上一張認真的表情。

還是先彩排一下好了。

如此心想的我，身後忽然傳來篠原的聲音。

「你還在摸索呀。」

「畢竟現場沒人接觸過自製電影，總會出現這種走一步是一步的感覺。」

「抱歉，是我讓你誤會了。我這句話並沒有貶意，而是在誇獎你。」

「誇獎我？」

「是啊，看你們對此都樂在其中。我所屬的班級就沒有像這樣大家同心協力去完成某個目標。」

是嗎？

像鳥越和伏見就爆發過口角，姬藍總愛找機會數落伏見，伏見在對姬藍指導演技時也會趁機酸回去。而我明明是使用具有防手震功能的攝影機，拍攝時仍經常因為手抖害畫面糊掉。

雖說整體上算是有所進展，我卻完全不覺得過程有特別順利。

「早知道我也乖乖就讀跟高諒你一樣的學校就好了。」

「腦筋好的人本來就該去讀更好的學校啊。」

「不好意思喔，都怪我太聰明了。」

妳以這麼跩的態度道歉根本沒意義吧。

「這附近好像什麼店都沒有，午飯要怎麼辦？」

出口提出這個相當實際的問題。

我原先打算靠這裡的攤販填飽肚子，所以沒有拜託茉菜幫忙準備午餐。
最關鍵的攤販偏偏被帆布蓋住，根本沒有營業。
「我萬萬沒料到此處的攤販竟然沒開門。」
身為挑選地點負責人之一的鳥越，十分內疚地說著。
我們從車站走來這裡，沿途沒看見任何一間餐廳。
「那還是我去找找看？」
「既然如此，茉菜、出口以及篠原，可以麻煩你們嗎？畢竟你們剛好都有空吧。」
茉菜隨即一口答應。
「我、大姊大還有阿出目前剛好都沒事。」
「小茉菜，就跟妳說別再稱我為大姊大——」
「咦，美南美眉，妳為何會被叫做大姊大啊？」
「這是因為～」
「這種事不必解釋。」
三人就這麼聊著天，慢慢離開沙灘。
「鳥越，為什麼妳會挑選這裡？雖說是真的很適合拍片啦。」
「……因為……總覺得很害羞……」
「害羞什麼？」

「假如是在學校附近的海邊……可能會遇到熟人。」

「畢竟是最近的海邊，難保會碰上這種狀況。」

「『原來那女生私底下是這麼開朗ｗｗｗ跟她在學校的感覺差真多ｗｗｗ』──若是被人這麼認為會令我覺得很丟臉……而且被國中同學撞見的話，他們在暗地裡一定會說『她升高中就改頭換面了耶ｗｗ』這類閒話。」

烏越，原來妳升上高中時有改變形象嗎……？這樣已算得上是改變了……？

另外妳大可放心，妳現在的形象跟在學校裡時毫無分別。

「總、總之那些閒言閒語很容易會四處亂傳，因此我不想在學校附近拍攝。」

明明這種事並沒有真的發生，與其說是預測，不如說是她想太多了。

「不過我真沒想到這裡居然如此偏僻。」烏越顯得有些後悔。

「小諒～我們準備好了～！」

伏見圈起手當成擴音器，以不輸浪潮聲的音量如此大喊。

「那就繼續開拍吧──」

儘管中間有發生幾次ＮＧ，不過拍攝情況仍比起之前順利多了。

原因很可能就是伏見不再親自確認影片。她之所以沒有再這麼要求，理由恐怕不是她全面相信我，就只是她克制住確認影片的衝動而已。

大約在十分鐘前，茉菜於群組聊天室裡報告說『我們找到超市跟雜貨量販店』。

他們應該是利用地圖APP特地走去那裡吧。

想想要買齊七人份的食物和飲料，全部加起來肯定會很重，幸好有派出口一同前往。

「靜香同學，關於下一幕的這裡——」

「嗯。」

我們坐在野餐墊上，姬藍正拿著劇本向鳥越請教事情。

她確實很認真地看待這次的攝影。

要是姬藍沒有認真起來的話會很令我傷腦筋，不過我們在咖啡廳當時……她說過想去參加試鏡會。

望著姬藍那張全神貫注的側臉，甚至能從中感受到她想要提升自我的那股渴望。

「我也……」

「你說了什麼嗎？諒。」

「高森同學，你有什麼想補充的部分嗎？」

「沒事。」我搖頭以對。

總覺得自己就只會從別人的身上獲得啟發。

這不禁令我懷疑自己很沒內涵，該說是對自己感到失望嗎？總之我也不知該如何形容這份感受。

我小心翼翼地把器材收入袋子裡，以免沙子跑進去。

對了，伏見她跑哪去了？

當姬藍聊到關於演戲的話題時，以伏見的個性大多都會加入討論。

直到茉菜等人回來前我就先散個步，順便找找伏見去哪了。

「真慶幸有出口的夾腳拖……」

其實我也一樣是穿涼鞋，偏偏這並不合適走在沙灘上。

在這片不算遼闊的沙灘上，放眼望去只看見正在交談的鳥越和姬藍，除此之外沒有其他人影。

「對這個地方來說，現在應該算是夏天吧？」

等等見到另一位提議在此拍攝的決策者，就順便請教一下理由吧。

我走到沙灘的底端，發現前方變成岩岸。能看見岩石上布滿藤壺，海藻隨著浪濤漂在海面上。

「喂～伏見～？」

我很懷疑自己是否找對方向，卻還是踏上岩岸繼續往前走。我沿著彎曲的防波堤走了一段距離，恰好瞥見從海裡延伸出來的大量消波塊。

「——咦？我有來過這裡嗎？」

這幕光景總覺得似曾相識。

當時我跑來探險，結果發現這些消波塊——

我彷彿循著自己昔日留下的足跡，往消波塊的方向走去。

在爬上消波塊的最高處時，一陣強風迎面而來，寬闊的視野映入眼簾。

濃郁的海潮味竄入鼻腔，同時感受著因為溼氣彷彿附著於肌膚表面的海風。

在不停傳來的海浪聲裡，夾雜著一股熟悉的嬌斥聲。

「小諒是傻瓜～————！」

站在我走來方向另外一側的伏見，對著碧海藍天這麼大喊。

「稍微幫我說句話又沒關係～————！」

雙肩不斷起伏的伏見正大口喘著氣，我對著她的背影搭話說：

「喂，妳在這裡做什麼？」

「嗚呀！」

大吃一驚的伏見全身一顫。

「小、小諒，既然你跑來這裡了，好歹出個聲嘛。」

「我只是剛到而已。」

我仔細確認立足點，慢慢往下移動至伏見身邊。

老實說我是挺在意她方才大喊的內容，不過在此之前得先跟她確認答案。

「我們曾經來過這裡……沒錯吧？」

伏見詫異地眨了眨眼睛。

「你有印象嗎？」

「果然沒錯。還記得我們當年就是跑來這裡，然後妳一個失足跌進海裡。」

「……你怎麼老是只記得那些糗事嘛～」

伏見鬧彆扭地嘟起嘴巴。

「明明水深只達到腰部左右，妳卻驚慌失措地大喊『我要溺死啦～！』，在海裡不停掙扎……」

「又、又沒關係！誰叫我當時嚇壞了嘛！」

我一屁股坐在消波塊上，即使隔著一條外褲，也能感受到水泥那曝晒於陽光下的滾燙表面。就算形容得多麼婉轉，這堅硬的表面坐起來實在是稱不上舒服。

「記得是我們就讀小一或小二的時候吧。」

「沒錯，你說對了，小諒！」

瞧她那激動的反應，簡直跟見到失去記憶的朋友順利想起珍貴的回憶般毫無分別。

想必她是為此感到非常高興吧。

「印象中，姬藍好像沒有跟來。」

「嗯，小藍她因為感冒無法參加。在我們就讀小二時，社區自治團體特地帶我們來這裡遠足。」

我們居住的地方是每年都會針對當地的小朋友們舉辦幾次團康活動，諸如賞花、去海邊玩或是聖誕派對等等。我不太確定現在是否還有舉辦，但我們兄妹倆、伏見還有姬藍以前都滿常參加的。

伏見似乎擔心會弄髒衣服，並沒有坐在地上而是蹲著。

「難不成妳挑選這裡是因為……」

伏見依然注視著大海，稍微點了個頭小聲說：

「就是想看看能不能勾起你的回憶。」

「嘻嘻嘻，真高興你能想起來。」伏見忍不住笑出來，接著把話說下去。

「小諒，你是特地來找我的吧。」

「是能這麼說啦。」

「為什麼你要來找我？」

「這還用問……」

因為四處都沒看見妳，理所當然會擔心啊。

在我不知該如何啟齒之際，伏見害羞地詢問說：

「……是想跟我做色色的事情嗎？」

「啥!?」

這、這丫頭在亂講什麼啊。

「這怎麼可能嘛。」

「不過不過，這、這、這種情況滿常發生的吧。」

「才沒有那回事咧。」

她是參考什麼資料才產生這類誤會啊？

「因為因為，我看的電影就是這麼演呀！」

「妳這個小妮子是看了啥鬼電影啊。」

「內容是一群人來到海邊，單獨偷溜出來的一對男女，抱著對方開始舌吻……」

「夠了，麻煩妳別再繼續說下去。」

聽起來根本是十八禁吧。無論那是電影或動畫……妳這樣偷看沒關係嗎？

「不過到了隔天，他們就被人發現已經死了。」

「跟我想像中的內容不太一樣。」

完全是血腥片的基本套路。以這個角度來說，確實算是滿常發生的？

「先、先聲明一下，我並沒有想要你那麼做喔！」

倘若伏見是基於傲嬌才這麼說……

我還是別胡思亂想吧。看她也像是為了避免造成誤會，伸出雙手拚命否認。

「可是呀，到底從哪種行為開始會被歸類為色色的事情呢？」

「別拿這種事問我啦。」

「接吻算嗎？」

仔細想想，這問題還真難回答。

「算是處於灰色地帶……」

伏見忽然伸出雙手捧住我的臉頰，將我的頭往側面一轉。

眼前是目光直直對準我的伏見。

「深情對視呢？」

「應該不算才對……」

雖說我們相隔只能輕輕碰到彼此肩膀的距離，我卻覺得自己和她靠得非常近。

大概是平常不會像這樣正眼仔細觀察對方的臉，此時面對伏見這張熟悉的臉龐，依然帶給我一股新鮮感。

「我覺得接吻不算是色色的事情。」

伏見稍稍抬著頭，目光向上地看著我。微微偏著頭的她，溼潤的脣瓣正輕輕顫抖著。

就在這時，手機宛如提出抗議般開始震動。

當我準備從口袋裡拿出手機之際，伏見探出身子用手制止我的動作。

「現在先別思考其他事情……」

她以氣音如此說著。

伏見將臉貼到我的面前，與我對視一陣子忽然低下頭去，接著側身坐在盤腿席地而坐的我身上，並把臉埋進我的懷裡。

「幫我拍背。」

能看見伏見的耳朵發紅。

我回應她的要求，輕輕拍著她的背。

……因為夏天的衣服都很薄，摸到背部中央時便傳來胸罩的觸感。我盡可能將心猿意馬的思緒拋諸腦後。

「小諒……在黃金週當時，我像是趁人不備做出那種事……」

「嗯？」

伏見彷彿想向我傾訴般，緊緊抓住我身上T恤的袖子。

「你要不要……跟我……好好接一次吻呢……？」

從剛才就一直出現在耳朵裡的劇烈心跳聲，因此變得更加震耳欲聾。

我莫名地感到口乾舌燥，再加上伏見仍將臉貼在我的胸膛上，淡淡的髮香飄進了我的鼻腔裡。

此時，我發現手背上多出一股柔軟的觸感。我瞄了一眼，原來是伏見將手疊在我的手背上。

「明明是我提議的，卻又不禁覺得好緊張……」

伏見溫柔地握住我的手。

「這是我們兩人之間的祕密，不許對其他人說……」

彷彿全身的體溫都集中至頭部，能感受到自己的臉頰徹底發燙。大腦也完全無法運作，唯獨與伏見接觸的部位特別熾熱。

伏見抬起頭來，露出柔情似水的眼神，她先微微瞇起眼睛，隨後便閉上雙眼。

我不由得倒吸一口氣，感覺自己在下個瞬間就能夠做好覺悟，當然也有可能花費比我想像中更久的時間。

「喂～葛格～？」

在我下定決心之際，遠處傳來茉菜的呼喚聲。

「小諒，是小茉菜的……」

基於這樣的陰錯陽差——

伏見因為茉菜的聲音稍微挪動身體，結果讓我的嘴脣恰好碰到她的臉頰。不對，稱之為撞到應該更為恰當。

搞砸了——時機也非常糟糕。

由於這情況超出我的預料，當我不知該如何是好時，茉菜的聲音已越來越接近。

「葛格～你在哪～？是在這裡嗎～？」

臉頰被我用嘴脣碰了一下的伏見，先是露出甜美動人的笑容，然後撲了過來一把抱住我。

「這是回敬你的。」

語畢，她用嘴脣輕輕啄了一下我的臉頰。

伏見用力地抱了我一下，接著很快就退開了。

「我們快去找小茉菜吧。」

伏見率先跑向沙灘，我馬上緊追在後。

小心翼翼進入岩岸朝這裡走來的茉菜，在發現我們便率先提問說：「你們兩個在做什麼呀～？」

「小諒在唸我關於拍攝的事情。」

「是嗎？」

茉菜歪著頭向我確認。

「差不多就是那樣。」

「你們是在做什麼色色的事情吧～！」

「沒有啦。」

只不過……有做出落於灰色地帶的行為，所以我沒有撒謊，完全沒騙人。當然也沒有說出實話。

「我們走了很久才找到商店喔～」

我聽著茉菜大吐苦水的同時，順便詢問他們買了什麼。

茉菜說他們在量販店購買卡式瓦斯爐，在臨時攤位選購平均每件一百元的調理器具、紙盤和免洗筷，然後又到超市採買食材。

「意思是妳要在這裡做菜嗎？」

「沒錯，大姊大和阿出正按照我的指示在處理食材。」

茉菜毫不介意地將兩位年長者呼來喚去。

「小茉菜簡直就是大廚呢。」

「嘻嘻嘻……這稱號聽起來挺不錯呢。」

買了卡式瓦斯爐以及做菜需要的工具……

茉菜是打算做什麼料理？

「我要做炒麵～畢竟這是海邊攤販必備的招牌菜吧？」

「啊～真令人期待呢！」

「兩位客人請稍待片刻～！」

從岩岸底端輕輕一跳，落於沙灘上的大廚，滿心歡喜地朝著正在工作的篠原以及出口跑了過去。

我本想上前幫忙，卻遭到兩人斷然拒絕，理由是我反而會越幫越忙。

攤販區似乎也提供客人沖洗身體，能看見一旁設置著類似學校那種三個相連在一起的水龍頭，茉菜等三人就在那裡備料。

等了約莫十五分鐘，分裝在紙盤上的炒麵便端了上來。

「不愧是茉菜……！手藝高超到完美地符合我的期待。」

「再多誇獎點，再多誇獎點。」

茉菜對眾人招了招手，歡迎大家繼續讚美她。

所有人開始享用餐點。

茉菜的手藝還是一樣優秀。明明就只是一盤沒有添加任何特殊食材的炒麵，該不會是因為在戶外吃才備感美味？

「你知道這炒麵為何那麼可口嗎？阿高。」

大口吃著炒麵的出口忽然這麼問我。

「因為這是出自茉菜的手吧。」

「當然這也是原因之一。」

「是因為在戶外吃。」

「嗯，這同樣只是其中一個原因。」

「要不然還會因為什麼？」

由於出口不斷賣關子，我忍不住催促他說出答案。

「那是因為除了你我以外，大家都是美少女——」
「你們這樣採購下來，應該花了不少錢吧？」
鳥越如此詢問負責購物的茉菜與篠原。
現場沒有任何人在聽出口說話，我也決定假裝沒聽見。
這個問題由篠原代表回答。
「全部加起來是七千出頭。依照我們所有人去餐廳吃飯的情況來衡量，我認為金額有落在容許範圍內。」
每人平均大約一千元。若是去吃頓飯再買點零食，差不多就是這個金額。
「不過我的開銷是由葛格負責。」
「我可從來沒答應過那種事。」
「你明明有在打工呀，小氣鬼～！」
「……真拿妳沒轍耶，只有這次而已喔？」
「嗯哼～最愛你了，葛格～」
「好啦好啦。」我草草帶過茉菜的感謝，卻發現伏見一副不可思議的樣子望著我。
「小諒，你有在打工嗎？」
「嗯，想想好像沒跟妳說過。我是在姬藍的熟人那裡幫忙打雜。」
「這樣啊。」

伏見先是瞄了姬藍一眼，接著狀似不感興趣地低下頭去。

我看了一下收據，只見最後一行寫著『煙火家庭套組×3』。

他、他們居然買了煙火!?

「喂，茉菜，妳怎麼還買了三組煙火!?」

「咦，難道三組不夠嗎？」

「我不是這個意思，而是有必要買煙火嗎？」

我原以為大家會支持我的意見，結果卻事與願違。假如沒買煙火，每人平均只花費七百元左右，而我也只需負擔一千四百元。

「啥～？虧我還自認為買得好耶。堪稱是神判斷。真要說來是突破天際達到宇宙層級了。」

神比宇宙低階嗎？畢竟宇宙是由神創造的，感覺兩者的地位順序應該互換吧……？

因為針對茉菜那獨特的措辭品味開口吐槽準沒好事，所以我決定保持沉默。

「就算要放煙火，問題是我們也不會待到那麼晚啊。」

「「「咦？」」」

能聽見許多人異口同聲地發出驚呼。照此情況看來除了我以外，這些聲音是出自於一臉難以置信地望向我的其他人吧。

現在時間是剛過下午一點，我根本無法想像還得在這裡待上好幾個小時。

不過同行的女生們似乎都想放縱一下，在清理完餐具之後，她們就換上泳衣帶著泳圈跑進海裡開始嬉戲，玩得不亦樂乎。

我待在海灘上玩沙尋求慰藉。陪在我身旁的出口則是戴著墨鏡望向遠方。

「出口，你一直望著海平面好玩嗎？」

「你是這麼認為啊，阿高。不過你說錯囉。」

「說錯什麼？」

「我戴墨鏡就是為了掩飾自己的視線，這樣就可以盡情欣賞大家穿泳裝的模樣，而且無須擔心會被人發現這件事。」

「你居然是為了這種事才戴墨鏡啊……」

難道他就無法把這股熱誠活用在其他事情上嗎？我在感到傻眼之餘，也不禁有些佩服，沒想到他還會顧慮這些細節。

「此話差矣……這才是今天的重頭戲吧。反倒是結束拍攝後就準備打道回府的你才有夠扯咧。」

「這種事也許一輩子都未必能碰上一次喔！」出口激動地說著。

「大概就像你說的那樣吧。」

想想明年就要準備大學聯招，八成沒時間出來玩了。

「小諒也一起來玩嘛。」

招手邀請我過去的伏見，穿著一件花朵圖案的連身泳衣。由於乍看之下就如同一件裙襬超短的連身裙，要是不知情的話，可能會不禁擔心她這樣很容易走光。

「鳥越，妳不一起去玩嗎？」

我將話題拋給正在後方看書的鳥越。

鳥越就坐在不會被太陽直曬的攤販區地板上。她也入境隨俗地換上泳衣，不過身上有多穿一件薄罩衫，並將帽兜戴到頭上。

「在前來這裡的途中，小說剛好看到最精采的部分，實在令我很好奇後續發展，所以我先待在這裡看書就好。」

鳥越給出這個我行我素的答覆。

「鳥越女士那身裝扮很不妙耶。」

並沒有回頭往後看的出口，忽然如此竊竊私語。

「什麼意思？」

「即使知道她穿的是泳衣，可是下半身終究什麼都沒穿吧？」

「啊～嗯。」

「因為罩衫的關係，導致泳衣看起來很像是內褲……所以她現在完全是內褲外露的狀態喔。」

「住口，你這個傻呆，都怪你害我跟著想歪了。」

「HAHAHA！」出口搧著扇子放聲大笑。

「我說阿高大人啊，你也不遑多讓呢～」

「你這句話應該用錯地方了。」

色彩繽紛的海灘球落於海面上激起一陣水花，同時傳來少女開心的尖叫聲。

姬藍穿著那天購買的泳衣，篠原則身穿類似學校發的制式泳衣。大概是私立學校的緣故，整體造型比較貼近競賽用的泳衣。她沒有摘下眼鏡，頭髮紮成馬尾。

「葛格，你也來玩嘛～！」

恐怕是見我對於伏見的邀請無動於衷，看不下去的茉菜也大聲呼喚我。

「葛格！大家早就知道你的運動細胞很糟糕了，所以不必怕丟臉喔！」

「我又沒有在意那種事情。」

出口像是相當陶醉地發出一聲嘆息。

「其實問題就出在茉菜大師身上。」

「什麼問題？」

「記得她是就讀國三吧？擁有那種身材也太扯了吧。那是作弊，簡直就是開掛。明明是個辣妹卻很會做菜，外加上有戀兄情結，而且還自備兩顆哈密瓜。」

自家妹妹被人這麼形容，內心實在有點不舒服……

「啊，因為現在是夏天，所以不是哈密瓜而是西瓜。」

「那種事怎樣都行。」

話說看在外人眼裡，茉菜像是有戀兄情結嗎？

「諒～！你快點過來吧！」

當然出口也有對姬藍的身材給出評語。我原則上是當成耳邊風，但有聽見他提到巨峰葡萄這個名詞。

這小子為何堅持要用水果來形容啊？

看這情況肯定暫時不會回家，我也受夠了繼續待在這裡乾瞪眼，於是不甘不願地站起身來。

被茉菜逼著帶泳褲過來的我，前往帆布的另一端迅速換裝完畢。

「出口，那我去去就來。」

「我說阿高呀，最後問你一件事。」

「嗯？」

「為什麼沒有任何人邀我過去……？」

雖說看不見出口的目光是對準哪裡，但我想應該是海平面才對。

「因為你用墨鏡遮住視線的關係吧。」

「噗呃！」──出口就這麼倒在沙灘上。

海灘球恰好滾到我的腳邊，我把球往大海一拋，加入伏見等人之中。

等我回神時，才發現夕陽已將沙灘染成一片橘紅色，天空原本的藍色逐漸變暗。

誠如烏越一開始的提議，我把攝影機裝在三角架上，將大家玩樂的過程都拍攝下來。

前後長達好幾個小時。

有一部分的原因是我們在岸上舉行的沙灘排球比賽，戰況比想像中激烈。

玩到像這樣將嗓子都喊沙啞，也不知是多久以前的事情了。

一想到自己玩瘋的模樣也被錄下來，我就無意回頭去播放這些片段來看。

沙灘排球賽進行一段時間後，烏越也中途參加，於是我們以兩人一組的方式不斷輪流組隊上場。

當我和篠原組隊時，烏越&伏見組莫名顯得殺氣騰騰。

說起出口，因為等了好幾個小時都沒人理他，於是他耐不住寂寞地提議來玩沙灘搶旗，結果沒有任何人願意參加。

我是覺得大家都已經看透出口打的如意算盤，他就是想待在旗子那裡，看著女生們朝他跑去的模樣。

最終選擇自暴自棄的出口，就這麼獨自一人玩沙灘搶旗，甚至把自己搞得灰頭土臉。

對此再也看不下去的我，正好覺得有點肚子餓，便邀請出口一起去買東西。

即使只是想喝飲料，去超市買大瓶飲料也比在自動販賣機購買划算多了。

「阿高你好像愛計較的家庭主婦喔。」

「提醒你一句，假如讓茉菜聽見你這麼說，她包準會白你一眼回嘴說『你在講啥？這不是理所當然嗎？』諸如此類的話。」

「這種女生很讚喔～」

都忘了出口對女生是完全不挑。

畢竟是我提議要買零食和飲料，當我準備掏錢買單時，出口表示「也讓我出點錢吧」，因此這筆錢是我們兩人各出一半。

買好東西回到海邊後，其他人看天色已晚，便開始準備放煙火。

「她們都換完衣服了……」

出口哀怨地說著。大概是他某方面的洞察力特別敏銳，明明周圍有些昏暗，他依然能在一瞬間就看出女生陣容全換回便服了。

出口，我覺得你就是因為這樣，才沒有女生想約你一起玩喔。

由於海風逐漸轉強，蠟燭的火被吹得快要熄滅，於是我們直接用卡式瓦斯爐來點煙火。

想想黃金週當時也有玩過煙火，不過伏見與茉菜此刻仍玩得不亦樂乎。令我意外的是鳥越也和她們一樣，看著煙火噴發出來的光芒開心歡呼。

想想伏見之前親過我……

她說自己那樣做算是使詐，而且還說自己沒有我想像得那麼乖巧。

這句話是什麼意思？

雖然我實在搞不清楚，不過姬藍也講過類似的話。

她說伏見有著說好聽點是精明，講難聽點就是狡猾的一面。

倘若這段評價沒有說錯，出現在我筆記裡『等長大成為高中生以後，就要跟小姬奈第一次親親』的這句話，很可能就是出自伏見之手。

時期是姬藍轉學後，我與姬藍互相寫信給彼此的那個時候。

我有印象曾和姬藍書信往來，當時收到的信應該都有留存下來，想想我們之所以會特地互通書信，十之八九是兩情相悅才對。

在我思考此事的期間，買來的煙火組就只剩下線香花火了。

「買三組算是剛剛好呢。」

鳥越如此稱讚茉菜。

「對吧～？多虧我當時有堅持說，只買一組是絕對不夠用喔～」

出口拿著攝影機逐一為我們拍攝。我千叮嚀萬囑咐那是借來的東西，無論如何都要小心使用，相信他會多加注意才對。

「話說回來，入夜以後的大海感覺真不妙耶……」

「什麼意思？」

忽有一陣風颳來，把我線香花火上的火球吹掉了。

「沒事，當我沒說。」

即便我繼續追問，姬藍仍不肯解釋到底是哪裡不妙。

「出口同學，建議你最好別拍大海。」

「咦？為什麼？」

當我們開始收拾垃圾，準備打道回府之際，出口仍拿著攝影機四處拍攝。

姬藍冷不防地一句提醒，令大家不禁側耳傾聽。

「若是當真拍到什麼，你打算怎麼處理？」

大家被這句話嚇得不敢出聲，現場瀰漫著一股令人不安的沉默。

「姬嶋同學，這種玩笑話就別說了吧……」

此刻突然颳起一陣強風，帆布被吹得大聲作響。

「呼喵啊!?」

伏見發出如小貓被嚇到般的尖叫聲。真要說來，我是被她的叫聲給嚇到了。篠原跟鳥越則是不發一語立刻掉頭跑掉。

在這之後，現場陷入一片混亂。

「咦、怎麼了怎麼了～——!?」

大概是個性較為冷靜的茉菜也慌了手腳，更是加深眾人的恐懼。茉菜一把環抱住我的手，不斷拉著我想離開沙灘。

「葛格，我、我們快點離、離開吧！」

「等、咦，大家是怎麼了——？難道這裡有什麼嗎——？阿、阿高，你等等我啦！」

出口連忙追趕在後。

咦，伏見呢？

我扭頭一看，發現她整個人僵在原地。

啊，那是最糟糕的情況！

「伏見。」

茉菜拚命拉著想往回走的我，於是我只好拖著茉菜，一靠近伏見就握住她的手。

「剛、剛剛那裡——」

姬藍還沒把話說完，便以飛快的速度越過我們身邊逃之夭夭。

「葛格！這真的很不妙啦！」

「伏見，喂，伏見！」

「啊……小諒？」

「快跟我走！」

最後是茉菜握著我的手，而我緊握伏見的手，一起腳底抹油地拔腿狂奔。

……回程沒花多少時間就抵達車站。我不停大口喘氣。其實剛才在快步奔跑的途中，有好幾次差點讓涼鞋飛出去。

腳底傳來細沙跑進鞋子裡的感覺。

因為最後抵達的是我們，所以其他人都一臉擔心地站在車站外頭迎接我們。

「……話說到底看見了什麼啊？」

出口對著眾人這麼提問。

「具體來說我也不知道。」

茉菜聽完我的回答後，不由得輕笑出聲。

「剛剛大家都嚇壞了，真是超搞笑的。」

「小茉菜，這一點都不好笑！我剛才可是怕到兩腿不聽使喚喔！」

「姬奈，妳之所以會動不了，可能是因為雙腿被人抓住……」

「──別胡說啦~~~~~~~！」

因為心中的恐懼已被一掃而空，放心下來的我反而忽然很想笑。

「唉唷，我剛才真的快嚇死了喔……」

伏見欲哭無淚地低聲抱怨。

我、鳥越以及篠原紛紛發出笑聲。

「剛才那到底是什麼呢？」

姬藍擺出一副裝蒜的模樣說著。

……啊，犯人就是她，就是這個小妮子在製造恐慌。

「呼～剛剛真是有夠可怕耶。」

出口捧腹大笑地說出感想。

我們在沒有其他人的車站裡開懷大笑，結果沒能趕上剛好進站的電車。

「下一班是……三十分鐘後！這裡是哪來的窮鄉僻壤啊！」

「因為這裡很明顯就是窮鄉僻壤啊。」

我稍微吐槽一下半抓狂的出口後，逗得其他人又笑出聲來。這情況完全是大家理智暫時斷線，導致對於笑點的基準低到近乎蕩然無存。

之後我們終於搭到下一班電車，這才順利踏上歸途。

大家一開始還有說有笑，但隨著電車行駛產生的搖晃，曾幾何時全都睡著了。

「小諒你不睏嗎？」

「我想確認一下拍到的影片。」

「這樣啊。」伏見對我露出笑容。

「啊，關於方才的幽靈騷動，我想應該是姬藍的惡作劇。」

「咦？」

伏見先是詫異地睜大雙眼，然後轉頭看向在一旁陷入沉睡的姬藍，並將手伸向她的臉頰。

「剛剛在胡說八道的～！就是這張嘴巴吧～！」

已進入夢鄉的姬藍，就這麼被滿心怨恨的伏見用力捏了一把臉頰。不過姬藍大概是過於疲倦，完全沒有清醒的跡象。

我靠著椅背，任由舒適的疲倦感覆蓋全身之際，伏見突然發出奇怪的呻吟聲。

「喔？唔喔喔？」

「妳怎麼了？」

「其實我有報名參加某齣戲劇的試鏡會——你看這個！」

喜上眉梢的伏見，彷彿把手機當成官印似地展示在我面前。

手機畫面是網路郵件的收件匣，信上主旨寫著『一次審查通知』，我順著文章往下看，內容是伏見成功通過審查。

「雖然就只是第一關的書面審查而已。」

伏見稍稍放鬆表情，看似想克制住心中的喜悅。

「……明明是書面審查，卻用網路郵件通知結果。」

「小諒，麻煩你別針對這種細節吐槽啦。」

看來在我的內心深處，說不定是真的挺嫉妒伏見吧。

面對這樣的好消息，首先應該恭喜對方才對。

「……這真是個好消息，恭喜妳喔，伏見。」

「嗯，謝謝你，謝謝大家，也謝謝這世上的每一個人～！」

伏見浮誇地發表感言，似乎也比平常更為心情愉悅。

……難道我什麼都沒有嗎？

類似姬藍或伏見那種想要追逐的事物。

我沒有想拿來炫耀，也並非想藉此彰顯自我，就只是想要一個能跟人分享的目標——

「是我在上戲劇課時，老師跟我提起這件事——」

伏見說出她報名試鏡會的經過。

試鏡會審查一共分為四個階段，全數通過就可以參加演出。

「雖說這是採取網路報名，不過我也有附上自己之前創立SNS帳號時分享的那些內容。看來創立帳號不失為是一件好事！」

居然把SNS跟影片分享網站的內容也當成審查資料，想來這是最近才出現的做法。

「我之所以能通過，相信都是多虧小諒你還有小靜喔。」

伏見天真地說出感受。

「我想應該沒這回事吧？」

「是嗎？」

至少我是這麼認為。

「你要一直看著我喔。」

「嗯？看著妳？」

「就是希望你……可以幫我加油。」

「這是當然的囉。」

「謝謝。」

看著那個率真的笑容，我不禁想把臉撇開。

我之前還懷疑伏見是個狡猾的壞女生，感覺上自己根本沒資格說她。

「只要有小諒你的聲援，我總覺得自己可以一直努力下去！」

今天一口氣朝著夢想邁進好幾步的伏見，展現出無比積極的鬥志。她還是老樣子認真看待每件事情，而且沒忘記自製電影的事情，向我保證會全力以赴。

返家之後，我在浴室裡用水沖洗吹了一天海風且汗流浹背的身體，同時回想著今天發生的事情。

儘管在海邊拍片以及嬉戲時發生不少插曲，但令我印象最為深刻的就是與伏見的對話。

我走出浴室返回臥室。

為了把無形的重擔拋諸腦後，我試著去思考其他事情。

諸如剛開始看的新漫畫、大家推薦的電影或是無關緊要的瑣事——偏偏煩惱有如迴旋鏢般再次湧上心頭，一點效果都沒有。

於是我心不在焉地把玩著跟松田先生借來的攝影機。畢竟攝影機的電量已快要耗盡，得趕緊拿去充電才行。

想想當初借來時我不太會使用，反觀現在已是駕輕就熟，即使算不上是完美駕馭，卻也摸清了它的各種功能。

「……我……」

為何會這麼一無所有呢——？

當我繼續沉浸於思緒之中的時候，手裡這臺一直都能讓人輕鬆操控的攝影機，彷彿想對我訴說什麼。

我把內存校慶用影片的SD記憶卡拔出來，換上另一張空白的SD記憶卡。

接著不疾不徐地從鉛筆盒裡拿出一支自動鉛筆，把自己想到的事情寫入眼前那本古典文學課的筆記本中。

我看了看時間，日期已來到隔天。

不是我要。

而是我也要。

我也要找到屬於自己的目標。

⑧ 試鏡會

在古典文學課時本來就沒有抄下多少筆記的這本筆記本，裡頭的空白頁面被我宣洩出來的心聲逐漸填滿。

等到心情平復下來以後，相信自己會非常納悶為何要寫下這些東西吧。

當我回神時發現天色已亮，握著自動鉛筆的我又繼續撰寫到中午，不知何時已經返家的茉菜將午餐送來給我。

此時此刻的我，在很有可能會被稱為黑歷史的筆記本上振筆疾書。

但我認為這樣也無所謂，畢竟至今的我是不管黑與白都一無所有。

由於明天沒有任何安排，因此我盯著筆記，繼續把心聲發洩出來。

「葛格，瞧你一副殺氣騰騰的樣子，是發生了什麼事嗎？」

在吃晚飯時，將筷子叼在嘴上的茉菜歪著頭這麼關心我。

「嗯～是有點事。」

「啊～！葛格進入叛逆期了！」

「妳閉嘴～」

只不過有點心事沒說出來，算不上是叛逆期吧。

我吃完飯後就去沖澡，一回到臥室裡就再度翻開筆記本。

當初只使用十頁左右的古典文學課筆記本，如今已被我的字跡完全填滿，於是我重看一遍自己寫下的內容。

看著自己陳述出來的痛苦，我不禁感到十分丟臉，同時回想起自己著了魔似地寫下這些潦草文字時所抱持的苦澀心情。明明這些內容皆是出自我的手，卻又令我無比困惑。

不過，字裡行間都能讓人感受到一股難以言喻的激情。

明明我想將這些構想拍成影片，卻沒有撥出時間付諸實行。

直到現在，我才終於多少能夠體會伏見想成為演員卻瞞著不說的那股心情。

「辛苦你囉～諒寶寶。」

我在上午結束拍攝，下午來到經紀公司打工，此時松田先生提著包包回到社長室。

「您也辛苦了。」

關於松田先生對我的稱呼，先是從小諒變成諒寶，最終不知為何進化成現在的諒寶寶。

「唉～真的是辛苦辛苦到辛苦死了～」

隨著一聲嘆息，松田先生一屁股坐在椅子上，然後將椅背完全放下躺著休息。

他大概是想以這種方式，誘使我去關切他發生什麼事吧。

明明他大可在我發問之前，就先把想講的事情通通說出來嘛。

虧他單看外表是那麼英俊，真是白白糟蹋一副好皮相。

順帶一提，關於『辛苦辛苦到辛苦死了』這句話，意思就是本人快累翻了。

「您辛苦了～」

我制式化地回應後，松田先生撐起上半身，甩下「諒寶寶壞壞，竟然對人家這麼冷漠～」這段令人頭疼的話語。

「請問是發生什麼事了嗎？」

最終選擇認輸的我，一如松田先生所願地出聲關切。

記得他今天上午是跟攝影公司討論宣傳影片的相關事宜。

由於我最近不光只有幫忙收發網路郵件和訊息，也會幫忙接聽電話，因此才會對松田先生的行程表如此熟悉。

「負責現場拍攝的導演，根本是個無法溝通的男人。」

「這樣確實很累人耶。」

「人家甚至忍不住想拜託諒寶寶你來拍喔。」

「咦。」

我不由得感到一陣心驚。

「逗你的啦。」

「這……說得也是。」

事務員小姐送進來一杯麥茶，松田先生立刻拿起來一口喝光。真是豪邁的喝法。

「根據小藍華說的，你們似乎拍得很順利嘛。」

「是的，託您的福。我也越來越熟悉該如何使用攝影機，這全都多虧您的幫忙。」

「小事一樁小事一樁，老實說這仍不足以表達人家對諒寶寶你的感謝喔。」

啊～應該是指我對姬藍產生正向影響，成功讓她振作起來這件事吧。

我之所以不太相信這個說法，理由是自我們重逢的那一刻起，姬藍就一直顯得很有精神。

「關於姬藍的試鏡會，在那之後還順利嗎？」

「怎麼？你在意嗎？」

「多少是會在意。畢竟是從當事人口中得知對方要參加試鏡會，但一想到假如當面詢問是換來令人遺憾的結果，就讓我開不了口。」

「這麼說也對。小藍華有順利通過各階段的審查，不愧是人家看上的女孩子。」

記得是音樂劇的女主角試鏡會。

「接下來就是第四階段的最終審查——」

「咦，第四階段？」

之前也有聽人提過這個詞彙。

「你怎麼了？」

「關於這場試鏡會，請問是只有加入經紀公司的人才可以參加嗎？」

「有經紀公司的人在這其中會被當成種子選手，準確說來是能直接晉級至第二階段。一般應徵的人就得通過第一階段的書面審查。雖然還是有人能順利通過，不過百分之九十九的人都會在這個階段被刷掉，沒有兩把刷子是無法晉級的。」

一般應徵……第一階段是書面審查——

「請問是同時有好幾處都在辦試鏡會嗎？」

「瞧你問得那麼仔細，究竟是怎麼了嗎？」

大概是我難得出現這種反應，松田先生困惑地睜大雙眼。

「必須是既會唱歌又會演戲且未滿二十歲的女性——在這個暑假裡就只有一場試鏡會開出上述條件。」

換言之，伏見所說的試鏡會是……

「因為小藍華現在是真的充滿幹勁，人家真心希望她可以通過最終審查。」

不過她的演技還有待加強——松田先生隨即補上這句話，但我現在的腦中是一片空白。

事實上在松田先生回到這裡的十分鐘前，我有收到伏見傳來的訊息。

『我順利通過第三階段了！唔喔喔喔喔喔喔喔喔喔喔喔！就只剩下最終審查了——！』

忽然有人拍了拍我的肩膀，我回頭一看，只見出口抬了抬下巴。

啊，差點忘了——

我連忙停止攝影機的錄影功能。

「OK。」

我說完後，出口宛如在正式片場拍板喊停那樣地拍了個手。

「導演說OK～大家辛苦了。」

「收到～」伏見簡短地回應出口的宣布。

我們正在拍攝教室內的場景，偏偏我忍不住想起之前的事情，害我總是心不在焉。

關於伏見通過試鏡會一事，我回覆說『恭喜啊，妳加油喔』，但兩位當事人肯定不知道彼此是競爭對手。

「小藍，關於下一幕的場景，我是建議比起練習的時候稍微多等一下再開口。」
「什麼意思？妳是故意想使壞嗎？」
「唉唷～才沒有那回事呢～」
「……話說回來，能麻煩妳表演一次給我看看嗎？」
「呵呵，小藍妳嘴上雖然這麼說，最終卻還是會乖乖實踐對吧。」
「少說廢話，麻煩妳快開始表演吧。」
誠如松田先生所言，相較於伏見的演技，姬藍還有許多不足之處。
不過她對此應該也有所自覺。
才經常像這樣接受伏見提供的建議。
伏見她有參加藝能學校的訓練班，姬藍則說過她有在某處的攝影棚接受聲樂訓練。
尤其是姬藍，她很可能是為了試鏡會才那麼努力。
兩人都說過希望能得到我的聲援。
我無法只幫其中一方加油，也希望她們都能好好努力。
既然是女主角試鏡會，表示獲選名額就只有一個。不過有時也會考量到演出的場次而挑選兩名演員。
根據伏見告訴我的最終審查日期，以及我從松田先生那裡打聽到的姬藍參加最終審查之日期，結果剛好是同一天。

她們有可能在會場裡撞個正著。

……奇怪，為何反倒是我開始緊張起來了。

算了，終究會有一方落選，我就別想太多吧。

剛才就是今天預定要拍的最後一幕。

來擔任臨演的班上同學們紛紛喊著肚子餓了，大家在互相道別之後便離開教室。

姬藍說她接下來有事要忙（大概是接受聲樂練習），伏見則準備去藝能學校上課，於是教室裡只剩下我、出口以及鳥越。

「要去哪裡吃飯嗎？」

在出口的邀請下，我們去超商購買午餐，來到空無一人的學校餐廳之後，我便一口咬下剛買來的飯糰。

「以製作進度來說，目前已完成多少了？」

「假如單就攝影來說，是只差一點而已。」

「喔～」

出口欣喜地發出歡呼，不過正喝著鋁箔包飲料的鳥越搖搖頭，將嘴脣從吸管上退開便說：

「可是高森同學還得負責剪輯影片和加入配樂等後製作業。」

「……咦，意思是阿高負責的工作多到爆炸？」

是否多到爆炸，我自己也搞不清楚。

「既然如此，以整體而言是達到幾成了？」

「算是一半左右？」

「呃……按照這個步調……當真趕得上嗎？」

鳥越正色代為回答。

「高森同學會設法趕出來的。」

是沒錯啦，不過這是我的臺詞喔。

「你加油喔～阿高。」

「好啦好啦。」

我隨口敷衍過去。

「啊，那件事怎樣了？」

「啊～你說那件事啊。」

我很快就聽懂出口想表達的意思。

「那件事是哪件事？」

鳥越困惑地提出疑問，我解釋道：

「還記得我們之前一起去海邊吧？當時有另外拍攝不少影片，出口要我整理出來。」

鳥越聽完我的說明，露出看見廚餘般的眼神說：

「就是大家換上泳裝的影片嗎？」

我就是擔心引發這樣的誤會，所以才反對這麼做。

「冤枉啊，鳥越女士，那是回憶，是紀念用的影片，是過了幾年以後讓人用來懷念過去的收藏，更是我們長大後在喝酒時會看的東西。」

出口急忙辯解。

但這很明顯只是場面話，感覺他已被鳥越一語道破心中的邪念。

「老實說我也很想擁有那些大家玩在一起的影片，可是一想到高森同學獨自一人目不轉睛地剪輯影片……」

鳥越說得越來越小聲，到後面更是讓人聽不清楚她在講些什麼。

「儘管鳥越女士對此感到很害羞，但妳明明從頭到尾都穿著罩衫沒脫下來，我對此可是一直耿耿於懷喔。」

你這小子憑啥說這種話啊。

「因為當時小姬藍和茉茉都在，那樣只會自暴其短嘛……」

意思是鳥越不想被人比較，而伏見並不包含在裡面。

「鳥越女士應該要更有自信！因為妳也有自己的優點，大可展現——」

「別說了，蠢瓜，你這個性騷擾變態俠。」

逐漸失控的出口越講越激動，於是我出聲制止他。

「像妳就有一雙美腿啊！」

「就叫你別再說啦。」

其實我也抱持相同的看法。

鳥越被這句讚美嗆得大聲咳嗽。

「啊～聽我說，鳥越，我發誓自己沒有針對特定畫面做剪輯，就只是將原始影片串聯在一起罷了。」

「這樣的話……嗯，我就沒意見了。」

幸好最終徵得鳥越的許可。

不過一旦扯上養眼畫面，出口就會積極到精力過剩，著實令人傷腦筋。

「我下午已經跟人約好要出去玩。」出口一吃完午餐就迅速離開學生餐廳。

鳥越的午餐就只有一瓶鋁箔包飲料，我詢問她吃這點東西是否充足，結果只換來「好像因為中暑沒食慾」的答案。

不曾中暑過的我便關切說這樣會不會有害健康，鳥越卻表示吃太多反而會不舒服，令我聽得一頭霧水。

當鳥越發出快要將鋁箔包喝完的聲響，話題即將告一段落之際，我便改口將心事說出來。

「鳥越，我有件事想拜託妳。」

「嗯？」

「可以請妳出演我的電影嗎？」

「啥？」

鳥越吃驚地睜大眼睛，於是我繼續解釋說：

「我不是指正在拍的這部電影，而是我自己獨立拍攝的影片。」

「……」

她似乎無法理解我想表達的意思，目瞪口呆一段時間後才終於給出答覆。

「我不要。」

其實我早就知道會被拒絕，畢竟鳥越並非那種會滿心歡喜接受這類委託的女生……

「明明有姬奈跟小姬藍這些更好的人選，為何你要找我呢？」

「考慮到登場人物的個性，我認為妳是最佳人選。」

「我嗎？」

「嗯嗯。」我點頭以對。

我重新整理自己一時衝動寫下的筆記，模仿鳥越完成看似劇本的成品後，發現女主角的形象與烏越完美契合。與伏見、姬藍以及茉菜的風格相差甚遠。

我考慮過拜託松田先生幫忙介紹人選，但找來的好歹是隸屬於經紀公司旗下的專業藝人，我實在沒膽提出這種請求，於是便打消念頭。

我說明完之後，烏越還是搖頭拒絕。

「這種事我真的辦不到，對我來說太困難了。我的演技甚至還不到小姬藍一半的水準。」

「這樣啊……」

倘若去拜託伏見來演，相信她能將角色詮釋到某種程度，問題是她應該無法對內容產生共鳴。

說起這位女主角的形象，與烏越簡直是一個模子刻出來的……

可是我又不想強人所難……

「那個，既然如此……」

烏越似乎不忍心見我如此困擾，於是主動提議說：

「你……你、你試著來遊說我。」

「咦？」

「想、想辦法說服我答應你。」

原來如此，她想確認我的誠意吧。

「另外，你與姬奈聊過這件事嗎？」

「沒有。」

「那你記得告訴她。」

「為什麼？這部影片是我自己決定要拍的。」

「假如你真要這麼做，我希望是在透明公開的情況下。」

透明公開的情況下？

不解其意的我，喃喃自語複誦著這句話。

「是怎樣的劇情呢？難得看你這樣有求於人，我有點好奇。」

「光靠口頭形容有點困難——」

我的說明實在算不上是淺顯易懂，並且無法確定是否有將自己的意思傳達出去。

可是鳥越仍默默地聽我說，然後不時向我提問。相較於製作校慶用的電影當時，我們的立場恰好互換。

「故事聽起來還不錯喔。」

「是、是嗎？」

這莫名給我一種內心的痛楚與軟弱，終於攤放在陽光下的感覺。

「我很喜歡這個故事。」

「這、這樣啊，那真是太好了。」

在我終於鬆了一口氣時，鳥越含蓄地朝我一笑。

「所以……你要努力遊說我喔。」

由於我對遊說這方面是一竅不通，因此決定上網搜尋一下。

結果只找到一些籠統的內容，完全不能當成參考，總之我現在非得在鳥越面前表現出自己的誠意不可。

話雖如此，基於行程安排的緣故，拍攝工作暫停一週左右。

因為我和鳥越不太有機會見面，所以我不時透過電話將自己構思的電影內容說給鳥越聽，就這樣通了幾次電話。

感覺是因為鳥越當著我的面說她喜歡這個故事，才讓我放下心防願意找她商量，於是我就這麼無所顧慮地跟她聊了很多事情。

「嗯~果然有妳真好，鳥越。」

在聊到一個段落後，我有種心情豁然開朗的感覺。

『咦，什麼意思？』

「有很多事情都能找妳商量。」

『……那個……這個……是嗎？』

鳥越支支吾吾地小聲回應。

『真沒料到你會想出這種遊說人的臺詞……』

「咦？」

『沒事，當我沒說。』

我們以類似的感覺通過幾次電話。

接著我把伏見明天會來家裡一起寫暑假作業的事情告知鳥越，最終只換來「我就不去了，謝謝你的邀請」這樣的答覆。

試鏡會當天——

我與伏見搭乘電車，途中轉乘數次並歷經一陣顛簸之後，終於抵達最終階段的審查會場。

「伏見，妳還好吧？」

「嗯，我不要緊。」

「那就好。」

莫名有種坐立難安的感覺。

我沒事找事做地看著手機螢幕，看完將它放入口袋之後，即使明知沒有收到新通知，我又再次拿出來確認。

「……反倒是小諒你看起來一點都不好。」

伏見輕笑出聲。

「總覺得有點緊張。」

「咦～參加面試的人可是我喔～？」

「我也不懂自己為何會那麼緊張。」

「你這個小怪胎。」伏見再度對我露出一個開朗的笑容。

關於這場試鏡會，我從沒聽伏見提起過姬藍，反之亦然。

看這情形，她們恐怕都對此一無所知。

不知對方也報名參加同個試鏡會，並且彼此都有一路晉級至最終審查。

說起姬藍不光是沒有提及伏見，甚至關於試鏡會中間的過程都對我隻字未提，所以我是從松田先生那裡才得知她有晉級。想想姬藍是個倔脾氣且有點驕縱的女生，因此這樣也挺符合她的作風。

按照她的個性，肯定是顧慮到有可能落選才故意不說。

我們在目標車站下車後，伏見一邊看著手機，一邊幫忙帶路前往會場。

幸好她撐了一把陽傘，一路上才沒那麼熱。

「聽說最終只剩下十二人，競爭還真激烈呢。」

伏見彷彿事不關己地說著。

我本以為她是抱著姑且一試的心態報名，但是看她的反應恐怕並非如此。

「我起先還擔心自己昨晚會緊張到睡不著，結果就這麼一覺到天亮。啊哈哈。」

此刻的伏見異常開朗，也比我們一起上下學的時候更加聒譟。

「不好意思在這樣的大熱天拜託你陪我來。其實原本爸爸答應陪我來，結果他因為工作抽不了身。真要說來，是爸爸要我一個人來這裡——」

「這樣能幫助妳緩解情緒嗎？」

「咦？」

「沒什麼，當我沒說。」

我一把扭開從超商買來的礦泉水瓶蓋，然後遞給伏見。

「會不會渴？」

「啊，謝謝。」

伏見喝了兩口之後，重重地從鼻腔呼出一口氣。

我們走進陌生的商辦區，接著拐進一條小巷子。像這樣深入陌生的市區裡，會感到不安也是在所難免。

前行一段距離，我們在一棟外觀相當普通的大樓前停下腳步。大樓的每一面窗戶都被太陽照得閃閃發亮，其中幾面還反射著光芒。

「這裡的三樓應該有一間舞蹈室。」

伏見跟我一樣抬頭望著三樓的窗戶。

她又一次深呼吸。相信她現在比我緊張好幾倍才對。

「啊，這瓶水還你。」

伏見將礦泉水遞給我，我卻搖頭婉拒。

「妳拿去吧。畢竟妳剛剛什麼都沒買，也沒有吃任何東西。」

「啊，真的耶。那我就不客氣收下囉。」

「好。」伏見說完這句話，對我揮了揮手就走進大樓裡。

直到審查結束前，我就找個地方來打發時間吧。

在我如此心想之際，背後突然傳來一股熟悉的聲音。

「諒……？」

「嗯？啊～是姬藍啊。」

想想也是，如果姬藍尚未抵達會場，差不多會在這個時間點現身。

能看見松田先生也陪她一道過來。

「你、你怎麼會在這裡？」

「啊，那個～……」

我該怎麼解釋才好呢？看她的反應，似乎真的不知道伏見也有來參加。

「你居然能找到最終階段的審查會場……看來你頗有跟蹤狂的天分呢。」

「才沒有那回事咧。」

松田先生輕咳一聲說：

「諒寶寶是為了聲援妳，才跑來給妳一個驚喜。」

並沒有這回事喔。

「是這樣嗎!?」

姬藍先是往後轉身看向松田先生確認，然後立刻扭頭望著我。

我白了一眼撒謊完全不臉紅的松田先生，只見他以脣語說『配合我一下嘛～』，並且不停對我使眼色。

「那個～嗯，差不多就是這樣。」

原本臉色十分僵硬的姬藍，隨即換上一個開朗的表情。

但她似乎也有所自覺，於是馬上甩了甩頭說：

「辛苦你在這樣的大熱天跑來這裡。雖說你是為了幫我加油，不過我萬萬沒料到你會特地過來，我覺得很開……不過，那個……」

「妳加油喔，姬藍。」

「不、不必你說，我也有此打算！」

「那我先走了。」姬藍留下這句話就走進大樓裡。

直到姬藍走遠至完全看不見她的身影時，松田先生才大大地鬆了一口氣。

「太好了～諒寶寶，你簡直是神助攻呢。」

我們來到位於附近的一間咖啡廳，我和松田先生隔著一張桌子坐下來。

我們各點了一杯冰咖啡，各自含住吸管喝了一口。

在終於放鬆下來後，松田先生說：

「人家本來已經不抱希望了……可是小藍華在見到你的瞬間，表情是豁然開朗喔。」

「啊～是指神助攻那件事吧。」

「沒錯。」

松田先生似乎是陪著姬藍從經紀公司來到這裡，但姬藍一路上都緊張得渾身僵硬，令松田先生為此憂心忡忡。

「因為小藍華簡直就像一隻畏懼著大野狼的小白兔呀。」

「這真叫我意外。畢竟姬藍曾當過偶像一段時間，我還以為她對此早已駕輕就熟了。」

「若是偶像歌手的試鏡會，我相信小藍華不會那麼緊張才對，偏偏這次的類型並不一樣。外加上她也為此付出了相當多的努力。」

我用吸管在杯裡攪拌一圈，隨即聽見冰塊發出清脆的碰撞聲。

「不過小白兔在見到你之後，立刻換上一個女孩子特有的表情，人家真的好吃驚呢。」

「吃驚的人是我才對，居然要我那樣堂而皇之地撒謊騙人。」

「吶，你怎會出現在這裡呢？該不會當真是在等小藍華吧？」

「啊～……其實是……」

我這才將自己之前為何會詳細過問試鏡會一事的理由說出來。

「所以諒寶寶你是陪那位青梅竹馬過來嗎？」

「是的。」

「她是一般應徵者嗎……？有加入經紀公司嗎？」

「她應該還沒加入才對。」

「討厭～原來就是她呀。人家聽說這次只有一個人順利通過一次審查喔。」

松田先生說過一次審查的落選率高達百分之九十九。而且像這樣一路晉級，恐怕是更加困難吧。

這令我再次體認到伏見是真的很厲害……

「兩人是同班同學兼兒時玩伴……天底下竟然還會發生如此巧合。」

松田先生如此喃喃自語，並將目光飄向會場所在大樓的方位。

我喝了一口小諒送我的礦泉水。

心情一直無法冷靜下來。

我本想拿出手機來看，卻又擔心這麼做會打斷自己的專注力，於是將伸進包包裡的手又放回桌子上。

在比報到時間早二十分鐘的等待室裡，除了我以外還有兩、三人左右。其中一位看起來很像是國中生，外表長得十分漂亮。還有一位感覺跟我差不多年紀，不過打扮非常成熟的女生，她跟我一樣顯得相當不安。

「大家早。」

等待室的樸素門板被推開，又有一位長相甜美的女生走了進來。

「請各位多多指教。」

這名女生很有禮貌地打完招呼，在抬起頭來時恰好與我對上視線。

我才驚覺來者居然是小藍。

因為在這裡見到熟人，我稍稍地鬆了一口氣，並反射性地準備上前打招呼，但小藍在注意到我之後，打完招呼的她突然變得一臉嚴肅。

在小藍走過我身邊的瞬間，耳邊輕聲傳來「我是不會輸的」這句話。

「我也一樣。」

我對著遠去的背影拋出這句話。

其實我有聽說小藍曾經當過偶像。

既然她出現在這裡，就表示傳聞千真萬確。記得之前去小諒家過夜時，小藍也隱約提到此事。

這令我有種命中註定的感覺。

我們竟然參加同一場試鏡會，而且都挺進最終審查。

到時或許是我們其中一人獲選，也可能是兩人雙雙落選。

——但絕對不會出現兩人同時獲選的結果。

與其在這種時候還要跟小藍同場較勁，我的內心深處不禁冒出乾脆兩人都慘遭淘汰還比較好的想法。原因是這樣至少能讓心情好過一點。

但我不想輸給小藍也是不爭的事實。

對我下戰帖的小藍並沒有坐在我旁邊，反倒選了離我最遠的位子坐下。

明明坐在一起稍微小聊幾句有助於轉換心情，沒必要刻意躲得那麼遠吧。

氣氛緊繃的等待室裡，給人一種幾乎快窒息的感覺。

經過漫長的等待，當時間一到，便有個年輕男子走進等待室。

「大家早。」

早安——眾人都開口回應。記得小藍走進房間時也是這樣打招呼，似乎在演藝界裡十分普遍，即使不是早上也會以這種方式打招呼。

我慢了一拍打完招呼後，男子開始說明徵選流程。

方式是會依序叫號，被喊到號碼的人就獨自前往另一個房間接受審查。被叫到號碼的第一位女生馬上從座位起身，跟著男子離開等待室。

經過大約十五分鐘，該名女生便回到這裡。立刻又有其他女生被請過去，同樣經過十五分鐘就走回來，只見下一人又被找去。儘管我知道自己的編號，卻對其他人的號碼一無所知，看來我似乎得再緊張一段時間了。

下一位被找去的是小藍。

她出聲回應並起身，隨即走出等待室。我在心中默默為她加油。

這次同樣過了十五分鐘，負責帶路的男子推門走進來。

「下一位是伏見姬奈小姐。」

「啊，是。」

「雖然上一位還沒結束，不過應該快好了，妳先過去吧。」

「是。」我再次回應，並拍了拍自己的臉頰。

我來到走廊上，恰好看見剛結束審查的小藍對評審們行完禮後，從房間裡走出來。

在即將擦身而過之際，小藍忽然抬起手來，於是我也跟著照做。

我們就這麼輕輕地相互擊掌。

「妳加油喔。」

「謝謝，我去去就來。」

小藍離去後，帶路的男子一臉狐疑地扭頭看著我。

「妳們認識嗎？」

「是的，她是我的同班同學兼兒時玩伴。」

「喔～還真巧呢。」男子吃驚地說著，在領我走至門前時便提醒一句「妳準備好之後就自己推門進去」，於是我又一次深呼吸。

我回想起自己在提交的志願調查表上寫下的那行字。

我要成為……就此實現夢想。

我要透過這場試鏡會成為演員。

◆高森諒◆

松田先生收到姬藍的聯絡，並表示我們待在這間咖啡廳裡之後，沒過多久我也收到伏見的聯絡。

「人家也想見見這位兒時玩伴小妹妹。」

因為松田先生這麼提議，我便讓伏見和姬藍一樣來這間咖啡廳會合。當我們聽著姬藍分享最終審查的過程不久之後，伏見也走了進來。

「咦，是這位嗎?就是她嗎？」

我點頭回應如此重複確認的松田先生後，他喃喃自語說「討厭~……這真是……嗯~這還真是……」，讓人搞不懂他想表達什麼。

我朝著注意到這邊的伏見抬起一隻手招呼她過來，當她見到松田先生時露出有些困惑的表情。

「這位是松田先生，也是我打工場所的社長。」

姬藍接著說：

「同時也是我所屬經紀公司的社長。」

「這樣啊。初次見面，我是伏見姬奈。」

兩人就這樣簡單地互相自我介紹。

「小伏見，妳真厲害耶，竟然能從書面審查一路挺進最後一關。」

「您過獎了，不敢當……啊哈哈。」

姬藍含著吸管喝了一口她點的綜合果汁。

「我有聽說妳在接受演技訓練，但真沒想到我們居然會在同一場試鏡會的最終審查會場遇見彼此。」

「就是說呀，我好意外呢。」

「我也是。」

每當伏見開口說話，松田先生就會凝神注視她。那模樣彷彿正在對人掃描，想藉此清楚掌握伏見各方面的情報。

最終審查的情況與我想像的截然不同，主要就是與評審們聊天，回答一些簡單的問題，談談自己的近況互相閒聊，要不然就是說說自己的夢想等等。伏見跟姬藍的情況幾乎都差不多。

「我也要喝那個。」

伏見看到姬藍點的飲料後便前去點餐，不久後用托盤端著一杯相同的綜合果汁走了回來。

「居然沒有針對演技或歌喉做審查啊。」

「那些在第二次跟第三次審查時就做過了。」

啊～原來如此，已審查過自然就不會再做一次。

「評審們為了能再次確認現場狀況，審查過程都會錄下來。」

松田先生幫忙補充。

怪不得最終審查比起考核更像在面試。

伏見與姬藍似乎都還是惦記著審查結果，交談告一段落後就顯得坐立難安。

「如今再如何在意也無濟於事，最好的方式就是將試鏡會一事通通拋諸腦後。」

松田先生詢問我們接下來的安排，在得知我們決定直接回家後，就開車送我們一程。

我先坐進高級轎車的後座，伏見緊跟在後，結果姬藍居然打開對側的車門跟著擠進後座。

「妳們一個人去坐前座啊。」我稍微提了一下，不過兩人狀似都沒聽見，結果沒有一人換到前座。

松田先生隔著車內後視鏡看著被夾在中間的我，忍不住輕笑出聲。

「瞧你坐享齊人之福，而且對象堪比女神呢。」

最終換來這句調侃。

大概是兩人都累了，上車沒多久就雙雙入睡，導致車內幾乎無人說話。

「諒寶寶，有空再麻煩你不著邊際地向小伏見推薦一下我們公司吧。」

「推薦？」

「畢竟小藍華也在我們公司，看她要不要一起來？當然這並不是當地棒球隊在拉人啦。」

我不由得回以苦笑。

對於培養偶像的松田先生來說，伏見是個相當具有吸引力的人才。

看伏見這樣子，簡直就像是哪來的完美女主角。

她不僅順利通過合格率極低的書類審查，甚至一路晉級至最終階段。搞不好雀屏中選的人就是她呢。

「……你怎麼露出一副很不甘心的樣子？」

「咦？我有露出那種表情嗎？」

「是啊，臉上完全寫著很羨慕這三個字。」

「我並沒有羨慕這種事，因為我沒有想成為藝人。」

「人家不是這個意思，而是指得到他人的認同。」

立刻有種被人說中心事的感覺。

「果然是年輕人……下次讓人家看看你拍的電影吧。」

「是可以啦，只不過我拍得並不好喔。」

「人家並非攝影方面的專家，但還是可以指導你關於專家在拍片時的一些觀點。」

「這、這真是求之不得，到時還請您多多指教。」

「收到～～」松田先生宛如唱戲似地開口回應。

⑨ 結果

時間來到八月，稍微休息幾天準備繼續拍片之際，製作電影的群組聊天室裡忽然出現伏見留下的訊息。

『今天我有點不舒服，沒辦法參加拍攝……！對不起。』

在我回覆之前，已有其他同學傳送對伏見表示關切的訊息。

拍攝進度已接近尾聲，我無法想像對攝影工作積極到非常難搞的伏見，會因為這點小事就請假休息。

我在感到納悶之餘，也順便向伏見傳送私訊。就是『妳好好休養身子』、『別擔心拍攝工作』之類的內容。

『謝謝，不好意思喔。』

伏見只回我這句簡短的話語。群組裡沒回話的姬藍和鳥越，應該都是以私訊關切伏見吧。

由於攝影工作暫停一次，當我決定先動手剪輯影片之際，突然傳來一陣急促的門鈴聲。

「這種按門鈴的方式……」

感到一陣無奈的我從座位起身，走出房間打開玄關的門。

如我所料，站在門外的人正是姬藍。

「諒。」

「我說妳啊，又不是小孩子了，別這樣連按——」

門鈴——我還來不及把話說完，喜上眉梢的姬藍近乎撲上來地一把抱住我。

「我通過了。我通過最終審查囉。」

「咦？咦？咦咦咦，喔？喔～……？」

我一時之間沒聽懂這句話的意思，於是給出模稜兩可的回應，但在腦中反覆思考『最終審查』這四個字之後，終於想出是在指哪件事。

「妳、妳真是太厲害了！姬藍！」

「我成功了！我做到了！我真的辦到了！」

姬藍像個孩子一樣在原地跳來跳去，藉此表達出心中的喜悅。

「恭喜妳喔。」

「嗯！那個——」

在姬藍準備開口之際，身後傳來有人從客廳推門走出來的聲響，當她連忙從我身上退開的下一秒，便聽見茉菜說：

「在別人家的玄關前大呼小叫什麼呀～？」

「不好意思，我剛好有事想跟諒說。」

「葛格，這種時候你應該說什麼呀？」

茉菜朝著二樓抬了抬下巴。

意思是要我們去房間聊。

於是我領著心中激動到尚未平復下來的姬藍來到臥室。

……既然如此……表示伏見她……

「其實經紀公司會先收到試鏡會的結果通知，我剛剛收到松田先生的聯絡後，是真的感到非常訝異……」

姬藍似乎再度回憶起收到通知當時的狀況，趴在床上的她不停擺動雙腿，重新回味那股感動。

「你是支持我還是姬奈呢？」

「……都支持。」

「唉～這種時候即使是場面話，也該回答是我吧？」

姬藍做作地嘆了一口氣抱怨完後，隨即換上笑容說：

「算了，反正我也不期待你會說出什麼貼心的話。」

「妳這是什麼意思？」

姬藍把我的吐槽當成耳邊風，滿心歡喜地笑著。

「正因為你答應會幫我加油，我才能夠堅定信心努力到現在，所以我覺得稍微跟你道個謝也無所謂。」

「若是這樣就能成為妳堅持下去的動力，那還真是我的榮幸。」

姬藍像是想緩和現場氣氛，裝腔作勢地清了清嗓子。

「畢竟看你應該有在幫我加油，為了讓你第一個知道這項好消息，我才連忙跑來找你。」

「……謝謝妳這麼看重我？」

居然還刻意補上『應該』二字，我這個人是多沒信用啊。

姬藍併攏雙腿端正坐姿，將手輕輕貼在自己的胸口上，直直地盯著我說：

「因為這次我順利通過審查，所以決定賦予你與我接吻的權利。」

「妳在說啥？」

「你被賦予了能和我接吻的權利。」

「咦，這又是為什麼？」

「你被賦予了能和我接吻的權利。」

「……嗯，謝謝妳的抬愛？」

我滿頭霧水地道謝後，姬藍露出一個充滿自信的笑容。

「不過，相信你不會這麼做吧。」

「是可以這麼說啦。」

理由是我也不記得自己有爭取過這樣的權利。

「因為要是你跟我接吻的話，你一定會喜歡上我。」

妳這是打哪來的自信啊。

「假如你已做好覺悟喜歡上我，到時候…………」

在姬藍猶豫著該如何啟齒之際，她的臉頰漸漸染上一抹微暈。

「你就可以……吻我。」

原本講起話來充滿自信的姬藍，此刻的嗓音是越說越小聲，到最後根本是幸好先邀她來房間裡才有辦法聽清楚。

……覺悟。

喜歡的……覺悟。

儘管姬藍這麼說肯定沒有其他意思，這句話卻莫名令我有所感觸。

當話題告一段落後，我從廚房倒了兩杯麥茶端回房間內。

「諒，你有看到姬奈的留言嗎？」

「是她暫停拍攝這件事嗎？」

「嗯，我現在才看到。」

「既然妳已經收到審查結果，表示伏見也有接獲通知才對。」

「很可能是因為這樣……才請假吧？」

我說姬藍啊，妳並不知道今天不必拍攝就跑來我家是嗎？

「最終結果是透過電話通知，根據松田先生的說法——雖然我雀屏中選，但對方也會大略說一下關於我的評價。」

就是針對演技和歌唱能力等方面所給出的評論。

根據姬藍的轉述，評語嚴苛到都令我懷疑她是否真的順利獲選。

「一般來說都是由經紀公司代為轉達，可是姬奈沒有經紀公司，代表她是直接聽見對方所給予的評語。」

「這是哪來的鞭屍啊……」

簡言之就是當事人為何會落選，以及自己有哪裡需要改進。

「理由是只收到落榜通知，有些人會不服氣。」

我本想去伏見家一趟，但是見到她該說些什麼？即使去鼓勵或安慰她，由我來說又好像沒什麼說服力。

「我個人認為這是一場公平的比賽，問題是當真見到姬奈時，我也不知道該說什麼才好……如此一來，還是先讓她獨自靜一靜會比較妥當。」

我點頭認同後，便詢問姬藍她獲選後將會飾演怎樣的角色。

距離伏見暫停拍攝已過了幾天，期間都沒有收到她的聯絡。

我傳了一條內容是『可以請妳指導我寫暑假作業嗎？』的私訊，想以此為藉口稍微跟她見個面，伏見卻是已讀不回。

我自認為這是個不錯的藉口，因此伏見現在很可能是大受打擊到不想見任何人。還是她真的一如字面所言身體不適？如果真是這樣也很令人擔憂。

姬藍、鳥越、茉菜還有出口都有傳訊關切過伏見，不過他們表示同樣沒有收到任何回覆。

時間來到下個拍攝日的前一天。

我在群組留言提醒大家這件事，順便確認伏見的意願。

伏見只傳了一個『收到』的貼圖，表示她明天應該會到場。

即使她未必已經振作，但至少可以參加拍攝。

到了隔天，伏見的態度乍看之下與往常無異，對大家露出既開朗又活潑的笑容。儘管拍攝有所延遲，卻不至於對整體進度造成影響，基本上還算是順利。

「看姬奈有恢復健康真是太好了。」

在教室裡攝影的中間空檔，鳥越如此小聲說著。

「對呀～大概是她得了小感冒吧。」

茉菜也露出鬆了一口氣的表情。

伏見看起來與往常無異，平日的風采一絲都沒有減少，表現得近乎完美。

「或許她當時是真的有點不太舒服也說不定。」

以上是姬藍的感想。

「大家辛苦了～」

今天預計拍攝的部分告一段落後，最終是以出口宏亮的嗓音來做為結束。

「我得趕快回家寫作業，先走一步囉。」

宣布解散後，笑臉盈盈打完招呼的伏見率先離開教室。

在其他人開始互相討論要去哪裡吃午飯時，我連忙收拾物品快步奔出學校。

我緊追在伏見之後，穿過剪票口勉強趕上同一班電車，順利發現位於車廂內的她。

只見一名失魂落魄得彷彿只剩下軀殼，空有容貌與伏見非常神似的女孩子坐在位子上。

乍看下彷彿一臺不具備情感，唯獨外觀是模仿伏見打造出來的機器人。

嗨，辛苦啦，妳今天也表現得很棒喔……以這段話為開場白好像過於生疏，我到底該如何跟她搭話啊？

我也還沒寫完暑假作業，可以一起嗎……？雖說覺得這藉口比較適合，不過之前發送過類似內容的訊息給伏見，結果被她無視了……

在我如此煩惱之際，電車已抵達離家最近的車站，可是當我走出電車後，發現伏見並沒有下車。

「咦？」

我正準備出聲提醒伏見時，即將發車的廣播聲已經響起，於是我趕緊回到車廂內。伴隨「噗嘶」一聲，車門迅速關上，電車靜靜地往前行駛。

「伏見。」

我前往隔壁車廂，上前向伏見搭話。

她緩緩地扭動脖子，將恍惚的眼神聚焦在我身上。

「小諒。」

「已經坐過站囉。」

「啊，真的耶。」

我坐在她的身旁，隔著車窗望向外側那片陌生的風景。

「我看妳幾乎都在發呆。」

「呵呵，說得也是，我得注意點才行。」

這個笑容給我一種似曾見過的感覺。

「妳是騙人的吧。」

「騙人？」

「說妳還沒寫完暑假作業。」

「為何你會這麼想呢？」

「因為妳以往都是在七月中就全寫完了。」

當我們還就讀小學時，每次一放暑假——伏見總會來幫忙尚未寫完暑假作業的我。

「原因在於今年的暑假特別忙碌。」

「這句話倒也沒說錯啦。」

時間都已來到八月，伏見卻說她還沒寫完暑假作業，這就是我覺得她今天很不對勁的其中一個理由。

「你之前也有一次陪我坐到終點站對吧。當時都怪我耍任性。」

「是指準備上學那次吧。」

我們現在正要回家，因此與上次的方向是恰恰相反。

即使抵達下一站，仍不見伏見打算下車。

「那我們就再次坐到終點站吧。」

反正我接下來沒有任何安排，目前也還不必急著寫暑假作業。

「嗯，好呀。」

我們前往終點站並非基於任何目的，也對那裡人生地不熟。

能看見車內的乘客不斷減少，隔著車窗望見鄉間田野、花草樹木以及綿延山脈的次數則隨之增多。

坐了很久終於抵達的終點站，是個空間只有兩坪多且空無一人的小車站。放眼望去能看見周圍四面環山，旁邊還有一條小河。

車站外面就只有一臺自動販賣機，往前不遠處有一間私營商店。

「天氣好熱，感覺都快被晒乾了。」

「就是說啊。」我簡單回了一句。看著這座人煙稀少的車站，我們直接坐在外側的長椅上，就這麼聊著一些無關緊要的話題。

她今天很不對勁的第二個理由，直到現在仍一直困擾著我。

這讓我再也看不下去，請容許我開門見山說了。

「我說伏見啊，妳這種八面玲瓏的態度是要裝到什麼時候？」

「咦？」

「雖然也有可能是我會錯意啦。」

「因為我不得不這麼做，小諒。」

「為什麼？」

「要是我不維持這樣的話，肯定會哭出來的。」

又是這個笑容。

看來我並沒有猜錯，那是一個令人心碎的笑容。

「如果我不保持這樣的話，又會給大家增添困擾，還會沒辦法參與拍攝。畢竟我已經請過一次假了。」

伏見之所以變成這種狀態，我能想到的原因就只有一個。

「……我已經聽說試鏡會的結果了。」

「嗯。」

伏見再度露出笑容。

我將手伸向她那膚色白皙的臉蛋，然後輕輕捏住她的臉頰。

「啊，等、這樣會痛，你做什麼啦？」

「妳不必笑，不用硬擠出笑容。就算讓人操心或增添麻煩都沒關係，總之妳無需顧慮太多。」

彷彿擁有主角光環的伏見，一路走來可說是非常順遂。對我而言如同高達一百公尺的天大難關，伏見也能夠輕鬆跨越。

但唯獨這次遇上挫折。

「妳大可哭出來喔。」

「你這是……什麼話嘛……」

「這種時候妳就別再強顏歡笑，放心哭出來就好。」

「你從剛才開始是在亂說什麼……要我別再強顏歡笑……還說什麼可以哭出來……」

伏見的雙眼逐漸泛紅，眼眶隨之浮出淚水。

「小諒，奧運選手在結束比賽接受採訪時，假如當事人未能得到好成績，總會向支持自己的所有人道歉對吧……現在的我……就是抱持……相同的……心情。」

……因為伏見知道我一直都在支持她，所以才會特別難過吧。

明明她大可不必在意我的感受。

誰叫平常都是我在給她添麻煩。

「松田先生曾對我說，妳這樣的案例非常罕見。原因是來自經紀公司的藝人，都是些外表跟實力都有獲得認證的佼佼者，所以經由一般應徵，一路過關斬將晉級至最終審查的妳可是非常了不起喔。」

伏見說過第二關與第三關分別是針對演技和歌喉做審查。

換言之，她已得到所有評審的認同了。

「不行，拜託你別讚美我……」

嗓音顫抖的伏見，用力咬住自己的下唇。

誠如松田先生所言，我確實很羨慕實力得到他人認可的伏見。

我很羨慕已經找到夢想，並為此付出努力的伏見。

不過，我也真的非常尊敬她。

「妳明明是這麼傷心，但也只有請假一天，今天的表現已經無可挑剔囉。」

「求求你別說了……」

伏見揪住我的袖子，想藉此制止我說下去，可是我依然不肯停嘴。

「幾乎沒人能看出妳的心事，甚至大家在看見妳今天的表現後都覺得不必擔心了。妳真的是表現得非常完美。」

一旁傳來吸鼻子的聲音。

「妳已經是個貨真價實的演員囉，伏見。」

我伸手輕輕摸著伏見的頭，她發出一聲哽咽後便開始啜泣。

「我好不甘心……」

「嗯。」我輕聲回應。

「我真的好不甘心……」

「嗯。」我再次出聲回應。

「只不過是那點程度的審查，哪有辦法看出我的實力……」

「說得沒錯。」我溫柔撫摸著她的背。

伏見不斷哽咽，肩膀隨之顫抖。

事實上在我、姬藍、伏見與茉菜之中，最愛哭的人就屬伏見。

感到寂寞或悲傷時自然是不必多說，大概是她的本性過於善良，縱使真的動怒，她也幾乎沒發過脾氣，絕大多數都是氣得哭出來。

不知從何時開始，伏見對於負面情感的表現方式，尤其是哭泣都會改用笑容來取代。她今天在學校展現出來的笑容，就是她的拿手絕活，能將任何情感都封閉於內心深處。

「雖然小諒你不停稱讚我，但我其實是個壞孩子。」

又是這個話題啊。

「小諒你總會注意我，擔心我，追上來陪我，並且像這樣安慰我。就算我強顏歡笑，也只有你能看出來……我對此……是真的很開心……」

「若是發現身邊有人心情沮喪的話，任誰都會上前安慰吧。」

「當我從電話裡得知自己落選時，心中仍有另一個自己在精打細算……覺得只要將這件事告訴你，你就一定會對我很溫柔……」

啊～所以伏見在我面前也是頂著一張名為笑容的面具，為的是避免讓我操心或同情她。

「但是，這麼做有什麼不妥嗎？」

「不光是這樣，我……明明知道小諒你喜歡的人是小藍，卻還是想成為第三者——！」

伏見忽然緊閉嘴巴，像是把剩下的話語嚥回肚子裡。

「……於是妳就在我的筆記本裡，寫上『成為高中生就要親親』是嗎？」

伏見被我這麼一問，渾身顫抖地微微點了個頭。果然真是這樣沒錯。

「我擅自在上面亂寫當作你我的約定。至於你寫有心儀之人……有出現小藍名字的那頁則被我撕掉了。」

沒錯，的確有一頁看起來像是被人撕掉了。

「其、其實我還有捏造好幾個你答應我的承諾。」

喂，真的假的？妳這段發言相當勁爆喔。

「我做了許許多多狡猾的事情……所以我根本沒資格被小諒你這麼溫柔對待喔。」

嗯……是這樣嗎？

「沒那回事，我這樣對妳是應該的。」

「咦？」哭紅雙眼的伏見抬頭望向我。

「妳至今幫了我好幾次，而且次數多到我無以回報喔。」

「你胡說，絕對沒有這種事。」

「妳是哪來的小朋友啊。」

「因為我對小諒你來說不是最重要的青梅竹馬，所以我說什麼都想成為你心目中的第一名。」

被人當面這麼說，令我感到既害臊又困擾……簡稱害臊困擾。

姬藍之前說的那些，有八成應該都是真的吧。

儘管這段自白頗令我訝異，但就算得知真相，我也不會改變自己對伏見的看法，更不會去疏遠她。

伏見仍不斷低聲啜泣，過了一陣子之後才平復心情，溼潤的眼眶也終於止住淚水。

當伏見沉浸於感傷時，我本來並沒有想太多，現在卻開始懷疑為何要跑來這種地方。低頭一看，從長椅伸出去的兩腿前方有螞蟻正在搬運食物。接著我抬頭仰望那片深邃藍天，只見黑鳶自由自在地翱翔於天際。

「我們回去吧。」

我起身後，點頭同意的伏見也站了起來。

一字一句慢慢播送的陌生廣播聲，宣告著電車即將進站。位於遠處的平交道發出警示音，柵欄也隨之放下。

「小諒。」

「嗯？」

「被你那麼一說，我會變得忍不住經常使詐，即使這樣你也不介意嗎？」

「既然妳改口這麼問我，我當然是會介意啦。」

「咦～!?怎麼跟你剛才說的不一樣～!?」

伏見假裝鬧脾氣地嘟起嘴巴。

「問題是我不記得自己有說過那種話呀。」

我回以苦笑後，伏見像是想到什麼鬼點子似地對我燦爛一笑。

「看招！」

她直接撲在我身上，一把抱住我之後完全不肯鬆手。

「唉唷，電車要進站了，妳快放開。」

「是～～」

伏見調皮地伸了伸舌頭，終於鬆手從我身上退開。

「那個，小諒你——」

伴隨車輪摩擦鐵軌所產生的煞車聲，只見電車在月臺前停下了。

與此同時，我點頭答應伏見提出的一個約定。

10 為了她

「即使暑假再長，終有結束的一天對吧。」

正在打工的我，終於提起了這件事。

松田先生似乎已經察覺到我想說什麼，他就這麼縮著脖子，一臉警惕地看向我。

「所、所以呢？」

「我已存夠錢買了想要的東西，等暑假一結束——」

「不行，不許你把話說下去！」

我就會辭去這份工作——松田先生看出我準備這麼說，於是強行打斷我的話。

「寶寶，你打算棄人家於不顧嗎!?」

「那個，這講法有點太誇大了吧……」

也不知是否因為對前一種稱呼感到厭倦，還是嫌麻煩打算縮短點，松田先生便稱我為「寶寶」。

「您再聘雇新人不就好了？」

「因為沒人能保證還可以再雇到像你一樣能幹的男生呀。」
為何非要限定是男性啊？
「只要是能幹的人都可以雇用吧。」
「招募新人就跟轉蛋沒兩樣，完全只能看運氣。」
「您的比喻還真是簡單易懂。」
對電子產品與機器非常排斥的松田先生，最近沉迷於我介紹他玩的手機遊戲，順利改善他在這方面的成見。現在的松田先生，即使登入遊戲也同樣在培育偶像。
「咳咳，記得那個女孩叫做伏見對吧？她現在過得如何？」
松田先生連忙轉移話題。
「她得知自己落選後感到非常沮喪，但現在已經不要緊才對。」
畢竟不久前才答應過她，到時就約大家一起去參加夏日祭典。
「是嗎？那真是太好了。你下次遇見她時，就說本公司很歡迎她的加入喔。」
「來，這是人家的名片。」松田先生起身把名片遞給我。
「如果她真心想在這個業界打拚的話，就請她聯絡人家吧。」
「好的。」
為了避免弄丟，我立刻將名片收進錢包裡。
「她可是晉級至最終審查的優秀人才，倘若她當真加入我們，讓她和小藍華組成兒時玩伴雙人團體也挺有意思的。」

我試著在腦中想像成為偶像的伏見。

讓她和姬藍組成雙人團體……互相把對方視為敵手的兩人選擇暫時合作，感覺很像是少年漫畫會有的套路。

不過兩位當事人的意願應該不高，十之八九是不會成真的。

「你已聽說小藍華獲選的消息嗎？」

「是的，她在接獲您通知的那天就跑來告訴我了。」

「人家很高興評審們也覺得小藍華是個可造之材，同時非常慶幸自己並沒有看走眼，可說是喜上加喜。」

自從為姬藍拍過影片後，我發現她擁有吸引眾人目光的特質。這大概就是所謂的明星特質或領袖天分吧。

我起先完全不這麼認為，恐怕當時是礙於她那奇差無比的演技才對。

或許評審們也抱有與我相同的看法。

姬藍擁有讓人眼睛為之一亮的存在感。

……也是基於這個緣故，才讓她總是充滿自信。

「不只是偶像，我相信那孩子可以成為能歌善舞的演員喔。」

「單就目前我幫兩人拍片下來的感覺，是伏見的演技比較突出。」

松田先生聽完後輕笑出聲。

「長相甜美且表現出色的偶像是隨處可見。以這點來說，小藍華還具有其他資質。」

既然如此，為何您想拉攏伏見加入自己的經紀公司？

松田先生似乎看穿我心中的疑問，開口解釋說：「人家很看好她的發展性。」

然後又補上一句「可是試鏡會並不會把這部分納入考量」。

「如同寶寶你所言，小藍華的演技還有待加強。」

「但最終獲選的人是她。」

明明在演技上是伏見比姬藍突出，難不成其他參賽者也得到比伏見更好的評價嗎？

「接下來的話或許會令你對演藝界感到失望——」

松田先生以這句話做為開場白。

「對方在電話裡提到，小藍華退團的經歷也是考量之一。雖然舞臺導演並不買單，不過製作人認為曾哭著退出偶像團體的小藍華，轉換跑道改以舞臺演員之姿重返大螢幕——會很充滿『戲劇性』。」

「姬藍知道這件事嗎？」

「人家怎麼可能說給她聽嘛。而且像這樣的大好機會，人家是絕不會拒絕的。因為小藍華早已置身其中，而小伏見準備踏入的世界就是如此競爭，還充滿著各種成年人的權謀算計。」

換言之，伏見並沒有輸給姬藍。

至於打從心底對結果感到非常滿意而充滿幹勁的姬藍，為了避免潑她冷水，我還是裝作沒聽過這些事吧。

「小藍華向你報告好消息時，她看起來怎樣呢？」

「嗯，她顯得喜上眉梢。」

「想想也是。話說寶寶你支持小藍華嗎？」

「原則上自然是有。」

「假如有需要你幫忙的地方，你願意配合嗎？」

需要我配合？面對沒有一次把話說完的松田先生，我覺得此事並不單純。

「……好吧，若是有我能幫上忙的地方。」

「最終審查當天在會場巧遇你的小藍華，人家在觀察過她的反應之後，已能肯定一件事情。」

當我送走伏見後，非常碰巧地在現場撞見原本顯得非常緊張的姬藍。

「人家認為倘若由你讓小藍華充分體驗到何謂戀愛，即使之後是嘗盡痛苦飽受挫折也沒關係。因為這些經歷將有助於引導出她心中的情感。現在的她有點太純真了。」

松田先生緊接著把話說下去。

「為了小姬藍著想，人家希望你能成為她的男朋友。」

後記

各位讀者大家好，我是謙之字。

儘管在去年的這個時候，發生了政府宣布疫情進入緊急狀況的重大變故，但由於我的工作幾乎是足不出戶（？），因此生活上並沒有產生多少變化，依然過著成天窩在房間角落專注寫小說的日子。不只前年就一直這樣，包括今年也同樣如此。

聽說根據個人習慣的不同，有些作家沒辦法待在家中寫作，不過我是屬於一離開家就寫不出半個字的類型，如今對此是感到有些慶幸。

若是要我去咖啡廳或家庭餐廳寫作，老實說會因為旁人的關係不斷分心。原因是我滿喜歡觀察其他人，經常一回神才發現自己根本無心寫作，注意力全放在旁人身上。

可是構思大綱或劇情時，我大多都會前往戶外。因為坐在自己的辦公桌上，很容易被電腦或身邊的漫畫吸引過去，全然無法集中精神。

唯獨動筆時是非得待在家裡不可。說來還真是不可思議呢。

本作『S級青梅竹馬』的改編漫畫已開始連載，而且是每週更新。相信有些讀者已經看過，漫畫也改編得相當出色喔！

はこ老師非常擅長劇情構成，擔任作畫的綠川葉老師所繪製的每個角色也十分可愛！

漫畫版於「マンガUP！」連載中，還沒接觸過的讀者們非常建議可以去看看。

另外，我在Sneaker文庫推出一部同樣是以兒時玩伴為主題的戀愛喜劇作品，書名為《兒時玩伴的戀愛煩惱，原以為自己被當成戀愛對象，結果才發現是我猜錯了（暫譯）》。

假如本作有合您的胃口，相信新作也會令您滿意，要是大家肯賞光翻閱看看的話，將是我最大的榮幸。

本系列作能夠順利發行上市，無疑是承蒙許多人的關照。

以本次也繪製出精美又可愛之女主角們的Fly老師為首，責編大人、與出版相關的所有工作人員、各大書店和店員們，以及購買本書的每一位讀者，真的非常感謝大家的支持。

並且敬請大家期待第五集的推出。

謙之字

浮文字

救了遇到痴漢的S級美少女才發現是鄰座的青梅竹馬4

（原名：痴漢されそうになっているS級美少女を助けたら隣の席の幼馴染だった4）

著　　者／謙之字
插　　圖／Fly
譯　　者／御門幻流

執 行 長／陳君平
榮譽發行人／黃鎮隆
協　　理／洪琇菁
總 編 輯／呂尚燁
美術總監／沙雲佩
美術編輯／方品舒
執行編輯／曾鈺淳
企劃宣傳／楊玉如、施語宸、洪國瑋
國際版權／黃令歡、梁名儀
文字校對／施亞蒨
內文排版／謝青秀

出　　版／城邦文化事業股份有限公司　尖端出版
台北市中山區民生東路二段一四一號十樓
電話：（〇二）二五〇〇—七六〇〇
傳真：（〇二）二五〇〇—二六八三
E-mail: 7novels@mail2.spp.com.tw

發　　行／英屬蓋曼群島商家庭傳媒股份有限公司城邦分公司　尖端出版
台北市中山區民生東路二段一四一號十樓
電話：（〇二）二五〇〇—七六〇〇（代表號）
傳真：（〇二）二五〇〇—一九七九

中彰投以北經銷／楨彥有限公司（含宜花東）
電話：（〇二）八九一九—三三六九
傳真：（〇二）八九一四—五五二四

雲嘉經銷／智豐圖書有限公司　嘉義公司
電話：（〇五）二三三—三八五二
傳真：（〇五）二三三—三八六三

南部經銷／智豐圖書有限公司　高雄公司
電話：（〇七）三七三—〇〇七九
傳真：（〇七）三七三—〇〇八七

香港經銷／一代匯集
香港九龍旺角塘尾道六十四號龍駒企業大廈十樓B&D室
電話：（八五二）二七八三—八一〇二
傳真：（八五二）二七八二—一五二九

新馬經銷／城邦（馬新）出版集團 Cite（M）Sdn. Bhd.
E-mail: cite@cite.com.my

法律顧問／王子文律師　元禾法律事務所
台北市羅斯福路三段三十七號十五樓

二〇二二年六月一版一刷

CHIKAN SARESO NI NATTEIRU S-KYU BISHOJO WO TASUKETARA TONARI NO SEKI NO OSANANAJIMI DATTA 4

■中文版■

郵購注意事項：

1.填妥劃撥單資料：帳號：50003021戶名：英屬蓋曼群島商家庭傳媒(股)公司城邦分公司。2.通信欄內註明訂購書名與冊數。3.劃撥金額低於500元，請加附掛號郵資50元。如劃撥日起 10～14日，仍未收到書時，請洽劃撥組。劃撥專線TEL：(03)312-4212 ・ FAX：(03)322-4621。E-mail：marketing@spp.com.tw

國家圖書館出版品預行編目資料

救了遇到痴漢的S級美少女才發現是鄰座的青梅竹馬 /
謙之字作；御門幻流譯. -- 1版. -- [臺北市]：城邦文化事業股份有限公司尖端出版：英屬蓋曼群島商家庭傳媒股份有限公司城邦分公司發行, 2022.06-
冊；　公分
譯自：**痴漢されそうになっているS級美少女を助けたら隣の席の幼馴染だった**
ISBN 978-626-316-923-4（第4冊：平裝）

861.57　　111006277